contra escrita

FREDERICK DOUGLASS

tradução e adaptação
philipe pharo

contraescrita

ONCE YOU LEARN TO READ YOU WILL BE
FOREVER FREE!

ASSIM QUE APRENDAS A LER SERÁS PARA
SEMPRE LIVRE!

Frederick Douglass (c. 1818 – 1895)

O ESCRAVO HEROICO
Em Busca da Liberdade
Frederick Douglass

Tradução e Adaptação

Philipe Pharo da Costa

ContraatircsE
Edições
2024

Autor: Frederick Douglass

Tradutor: Filipe Faro da Costa

Título: O Escravo Heroico: Em Busca da Liberdade

Título Original: *The Heroic Slave: In Pursuit of Liberty* (1852)

Revisão: do Tradutor (24 de setembro de 2024)

Ilustração de Capa: ContraatircsE

Design de Capa e Interior: ContraatircsE

Produção: ContraatircsE

1ª Edição – 24 de setembro de 2024

Local de Publicação: Portugal (Arcos de Valdevez)

AO 1990/1945

Depósito Legal: 537438/24

ISBN: 978-989-35418-7-6

Contacto para encomendas a retalho: ContraatircsE@gmail.com

Dedicatória

Ao meu avô, Jorge Monteiro da Costa, que me ensinou a não tolerar o racismo, à minha avó Maria Odette dos Santos Faro (africana de nascimento) que me ensinou a libertar de preconceitos, e a todos os negros e negras que lutaram e lutam pela sua Liberdade, pela dos seus povos e pela Liberdade de toda a Humanidade.

O Tradutor

Índice

Agradecimentos

Aos que ajudarem a garantir que este projeto literário que levo a cabo atinja os seus fins.

O Editor

Preâmbulo

"O Escravo Heroico: Em Busca da Liberdade" (*The Heroic Slave: In Pursuit of Liberty*) é uma novela de aventura abolicionista escrita por Frederick Douglass, publicado pela editora *John P. Jewett & Co.* em 1852.

Ao que foi possível apurar, nomeadamente por conslta e pesquisa no catálogo da Biblioteca Nacional de Portugal, esta obra é aqui traduzida pela primeira vez em Português (Europeu), e pela primeira vez publicada e disponibilizada em Portugal, pela ContraEscrita, salvo alguma inclusão em antologias do autor que não foi possível apurar.

Tendo sido a primeira e única obra de ficção publicada de Frederick Douglass, este conto/novela foi escrito com inspiração no caso *Creole*, sucedido em novembro de 1841, num barco que então transportava escravos da Virgínia para Nova Orleães, quando dezanove escravos se amotinaram tendo tomado controle do barco e desviado a rota para um porto britânico em *Nassau (Bahamas)*, libertando um total de cento e trinta e cinco escravos, tornando-se a maior e mais bem sucedida revolta de escravos da História dos Estados Unidos da América.

No ano corrente de 2024, decorre o sufrágio norte-americano para eleição de um "novo" – ou não – Presidente dos Estados Unidos da América, onde de um lado temos Donald Trump – o qual se me dispensa caracterizar – e do outro a primeira mulher, e negra, a ser Vice-Presidente dos Estados Unidos, e que agora se arrisca a ser escolhida e a primeira mulher da História a ser Presidente da Federação Americana (E.U.A.), a candidata Kamala Harris, sublinhando mais uma vez ela ser negra, portanto, entre as mulheres, a 'negritude' marca atualmente o compasso da evolução da afirmação feminina na política dos Estados Unidos da América.

Curiosamente, e em oposição à suprarreferida, Frederick Douglass veio a integrar o Partido Republicano, que na sua época era mais progressista e liberal em oposição ao Partido Democrata, mais conservador, nomeadamente quanto ao abolicionismo, que rejeitava. Devemos recordar que Abraham Lincoln era Republicano tendo na sua época feito parte da renovação do partido e permitido ao mesmo ganhar eleições pela primeira vez, tornando-se então e assim o partido da alternância face aos Democratas que, devido à divergência de perspetivas relativamente ao abolicionismo, deram então início à Guerra da Secessão (Guerra Civil Americana, 1861-1865) tentando a independência do Sul – mais conservador e racista – onde os Democratas dominavam.

A História veio a revelar alterações no espetro político americano, uma troca de posições dos partidos da alternância do poder ocorreu no período de

Franklin D. Roosevelt, por volta de 1932 e até à promulgação da Lei dos Direitos Civis de 1964, que levou à transição dos Democratas mais conservadores para o Partido Republicano, e em sentido inverso dos mais progressistas do partido de Lincoln para os Democratas, em grande parte devido às posições antagónicas sobre o racismo.

Kamala Harris integra atualmente o Partido Democrata, o qual poderemos, atualmente, considerar mais progressista e liberal do que o seu opositor em função da troca de posições políticas e ideológicas dos atores do bipartidarismo americano referidas no parágrafo anterior. O que isto representa para a História do país – e da Humanidade – é, com certeza, da mais alta relevância. Harris poderá, à semelhança de Douglass e de outras grandes figuras históricas americanas, tornar-se a primeira mulher Presidente dos E.U.A., acrescido o facto, nunca é de mais sublinhar, de ser negra. Tal vitória representaria um marco histórico da mais relevante significância para a História Americana, de qualquer forma, essa tem já umas páginas reservadas para Kamala, declarando, ainda assim, a minha reserva quanto a algumas políticas que pretende e venha a aplicar caso eleita.

Dito isto, e tendo explorado e conhecido o percurso de vida de Frederick Douglass – embrenhado nas lutas abolicionistas, sufragistas e feministas – creio que nada há, ou se encontraria, de mais adequado para o paralelismo histórico, distanciado por quase dois séculos, destas duas figuras que ficam para a *Black History* (História Negra) – conceito que eleva e dá a conhecer a História dos negros que durante séculos foi obliterada das escolas – e da História Americana e Mundial.

Eis, portanto, o que levou à escolha desta magnífica história para tradução e publicação da Contra Escrita, na Série Grandes Autores, por, além de servir os interesses da linha editorial – facilmente identificável – ser uma das primeiras obras publicadas de um afrodescendente negro americano (as diferenças de melanina em africanos e descendentes podem dar os mais variados tons de pele), com uma importância histórica notável e da maior relevância, e com uma linha de pensamento que se adequa totalmente ao momento histórico e à diversidade que – assim entendo – este projeto literário, que sigo levando a cabo, merece e necessita.

Philipe Pharo

LIBERTY

He loves to see his eyrie seat
Some Rock on ocean's lonely shore
Whose old bare top, the tempest beat
And round whose base the billows roar,
Or mount through tempest shrouded air
All thick and dark, with wild wind swelling
Or brave the lightning's lurid glare,
And talk with thunders in their dwelling.

Frederick Douglass (1847)

LIBERDADE

Ele adora ver do seu alto trono
Um Rochedo na orla solitária do oceano
Cujo velho topo descoberto, a tempestade bate
E a redor de cuja base as ondas rugem a debate,
Ou subir através do ar envolto em tempestade
Tudo espesso e escuro, com o vento furioso a soprar
Ou enfrentar o clarão dos relâmpagos à-vontade,
E falar com os trovões no seu lar.

Tradução e Adaptação: Philipe Pharo (2024)

Introdução

Um escravo cheio de sede por Liberdade, e em fuga, entra nos terrenos da casa de um casal, acaba por ser bem recebido e conta-lhes a sua história de fuga em busca da libertação da escravatura e ganha-lhes a sua solidariedade, disponibilizando-se a ajudá-lo nos seus intentos da melhor forma que puderem.

Madison Washington, o escravo, consegue embarcar secretamente para o Canadá, mas regressa os Estados Unidos para salvar a sua esposa da escravatura e é novamente apanhado. Devolvido ao mercado de escravos, embarca num navio negreiro onde acaba por liderar uma revolta.

Frederick Douglass conta-nos, numa mescla de ficção e biografia, a história de um Escravo Heroico que tudo faz para alcançar a sua Liberdade, e a dos seus semelhantes.

Frederick Douglass

O ESCRAVO HEROICO
Em Busca da Liberdade

Parte I: O Abolicionista

Oh! Criança da dor, por que choras tu?
Por que cai a triste e pesarosa sobrancelha tua?
Por que é teu olhar assim como o desespero?
Que profundo, triste lamento persiste em teu exaspero?

O Estado da Virgínia é famoso nos anais Americanos pela multitude diversa dos seus estadistas e heróis. A Virgínia foi considerada por alguns como a mãe dos estadistas. A História não se tem poupado a registar os seus nomes, ou em enaltecer os seus feitos. A sua alta posição no que a isto concerne, garantiu-lhe uma invejável distinção entre os seus Estados irmãos. Com a Virgínia como seu local de nascimento, até um homem comum, devido à parcialidade geral dela em favor dos seus filhos, facilmente ascende a posições de destaque. Os homens, insuficientemente grandes para atrair especial atenção nos seus Estados de origem, têm, como um determinado ilustre cidadão no Estado de Nova Iorque, suspirado e lamentado o facto de não terem nascido na Virgínia. No entanto nem todos os grandes do *Old Dominion* têm, pelo fator do seu local de nascimento, escapado à imerecida obscuridade. Por alguma estranha negligência, um dos mais verdadeiros, viris, e corajosos dos seus filhos, – um que em anos mais tarde, irá, penso eu, comandar a caneta do engenho para expor os seus méritos, não ocupa agora um posto mais alto nos registos daquela grande velha *Commonwealth* que o ocupado por um cavalo ou um boi. Que respondam por isso aqueles que puderem, mas aí reside o facto, de que um homem que amava a liberdade tanto como Patrick Henry, – que a mereceu tanto como Thomas Jefferson, – e que lutou por ela com um tal elevado valor, com tanta valentia, e contra tão grandes adversas probabilidades, como aquele que liderou todos os exércitos das colónias Americanas ao longo da grande guerra pela liberdade e pela independência, vive agora somente nos registos de bens móveis[1] do seu Estado de origem.

---

[1] escravos

Vislumbres desta enorme figura são tudo o que agora se pode apresentar. Ele é apenas trazido à vista por alguns incidentes transitórios, e estes proporcionam apenas e só uma satisfação parcial. Como uma estrela-guia numa noite de tempestade, ele é visto entre as nuvens e os uivos das tempestades; ou, como o pico cinzento de um penedo ameaçador numa costa perigosa, ele é visto graças ao clarão estremecido de um relâmpago furioso, e desaparece novamente envolto em mistério.

Curiosos, ernestos, ansiosos, nós espreitamos o escuro, e ansiamos até pelo clarão ofuscante, ou pela luz dos céus do Norte para o revelar. Mas infelizmente, ele é ainda involucrado pela escuridão, e nós voltamos da busca como uma mãe cansada e despedaçada, (após uma tediosa e malsucedida busca por uma criança perdida,) que volta derreada pela desilusão e pela tristeza. Falando de marcas, rastos, possibilidades e probabilidades, vimo-nos colocar perante os nossos leitores.

Na primavera de 1835, num *Sabbath* de manhã, ao ouvir as badaladas solenes dos sinos de igreja de uma aldeia distante, um viajante do Norte através do Estado da Virgínia pôs o seu cavalo a beber num ribeiro borbulhante, junto ao limite de um pinhal escuro. Enquanto o seu corcel cansado e sedento bebia a abençoada água, o cavaleiro detetou o som de uma voz humana, aparentemente envolvidq numa conversa séria.

Seguindo a direção do som, ele desvendou, entre os pinheiros altos, o homem cuja voz lhe havia retido a atenção. "Com ele falará ele?" pensou o viajante. "Ele parece estar só." A circunstância interessava-lhe muito, e ele ficou extremamente curioso em saber quais os pensamentos e os sentimentos, ou, pode ser, que grandes aspirações, guiaram aqueles ricos e doces tons. Amarrando o se cavalo a uma curta distância do ribeiro, ele aproximou-se sorrateiramente do solitário falante; e, dissimulando-se junto a uma enorme árvore caída, ele ouviu distintamente o seguinte monólogo:

"O que é então a vida para mim? É desprovida de sentido e imprestável, ou pior do que imprestável. Aqueles pássaros, empoleirados naqueles ramos vacilantes, num conclave amigável, ressoando adiante as suas notas alegres em aparente adoração ao sol nascente, ainda que suscetíveis de ser alvo da espingarda de um atirador desportivo, são ainda meus superiores. Eles vivem livremente, ainda que possam morrer escravos. Eles voam para onde lhes apetece durante o dia, e retiram-se em liberdade à noite. Mas o que é a liberdade para mim, ou eu para ela? Eu sou um escravo, – nascido um escravo, um abjeto escravo, – mesmo antes de ser parte deste mundo respirante, o açoite foi tecido para as minhas costas; os grilhões foram forjados para os meus membros. Que coisa má que eu sou. Aquela amaldiçoada e rastejante serpente, aquele réptil miserável, que acabou de deslizar para dentro da sua casa peganhenta, é mais livre e está melhor do que eu. Escapou ao meu golpe e está a salvo. Mas aqui estou eu, um homem, – sim, um homem! – com pensamentos e desejos, com poderes e faculdades tamanhos como o voo de um anjo sobre aquele odiado réptil, – no entanto é superior a mim, e desdenha ter-me como seu mestre, ou parar de receber os meus golpes. Quando viu o meu braço erguido, ele fugiu veloz para longe do meu alcance, e virou-se para me desafiar. Eu não me atrevo a tanto. Eu não fujo nem luto, mas permaneço vilmente de pé, a responder a cada golpe pesado de um amo cruel com lamentos e gritos em clamor por piedade. Eu estou preso em ferros; mas até estes são mais toleráveis que a consciência, a consciência aprisionada da covardia e da indecisão. Como pode ser que eu não me atreva a fugir? Perece o pensamento, atrevo-me a fazer qualquer coisa que possa ser feita por outro qualquer. Quando aquele jovem se debateu pela vida contra as ondas, e outros permaneceram um passo atrás intimidados num horror impotente, não mergulhei eu, sem temer pela vida, para salvar a dele? O touro enraivecido do qual todos os outros fugiram, pálidos de medo, não me mantive eu no controle somente com uma forquilha? Poderia um covarde fazer isso? Não, – não, – engano-me a mim mesmo, – eu não sou um covarde. A Liberdade eu terei, ou morrerei na tentativa de a conquistar. Este trabalhar para que outros possam permanecer em ociosidade! Esta submissão servil à insolência e às maldições! Este viver debaixo de temor e apreensão constantes, de ser vendido e transferido, como um mero bruto, é demasiado para mim. Não o suportarei mais. O que outros fizeram, eu farei. Estas pernas fiáveis, ou estes braços vigorosos, irão levar-me ao encontro dos livres. Se Tom escapou; eu também posso. A Estrela do Norte não será menos amável para mim do que foi para ele. Eu a seguirei. Eu pelo menos tentarei. Nada tenho a perder. Se for apanhado, serei somente um escravo. Se me acertarem com um tiro, eu limitar-me-ei a perder uma vida que é um fardo e uma maldição. Se me livrar, (algo me diz que o farei,) a liberdade, o inalienável direito ao nascimento de qualquer homem, precioso e inestimável, será meu. Está fixada a minha resolução. Serei livre."

Ao dizer estas palavras o viajante ergueu a cabeça cautelosamente e sem emitir um único ruído, e conseguiu, desde o seu esconderijo, uma vista integra do insuspeitoso falante. Madison (que era esse o nome do nosso herói) estava ereto de pé, um sorriso de satisfação ondulava no seu semblante expressivo, como aquele que se passeia na nossa cara quando acabamos de resolver um problema difícil, ou quando derrotamos um adversário maligno. O futuro abrilhantava-se diante dele, e os seus grilhões surgiam quebrados diante dos seus pés. O seu ar era triunfante.

Madison tinha uma forma máscula. Alto, simétrico, redondo e forte. Nos seus movimentos ele parecia combinar com a força do leão, a elasticidade do leão. As suas mangas rasgadas revelavam braços que eram como ferro polido. O seu rosto era "negro, mas gracioso." O seu olho, aceso da emoção, mantinha a guarda debaixo de uma sobrancelha tão escura e tão brilhante como as asas de um corvo. Toda a sua aparência sinalizava uma força Hercúlea: não havia no entanto nada selvagem ou ameaçador no seu aspeto. Uma criança poderia brincar nos seus braços, ou dançar sobre os seus ombros. A força de um gigante, mas não nele o coração de um gigante. A sua boca e nariz largos mostravam não mais que boa natureza e desvelo. Mas a sua voz, esse índice infalível da alma, ainda que cheia e melodiosa, tinha em si aquilo que tanto podia aterrorizar como encantar. Ele era o exato homem que se poderia escolher quando se tivesse de resistir as adversidades, ou quando se tivesse de enfrentar o perigo, – inteligente e corajoso. Ele tinha a cabeça para conceber e as mãos para executar. Em poucas palavras, ele era alguém para se buscar ter como amigo, mas para ser temido enquanto inimigo.

No mesmo instante que o nosso viajante lhe lançou um olhar, ele quase tremeu perante o pensamento da sua perigosa intrusão. Ainda assim ele não conseguiu desistir do lugar. Ele havia desejado longamente fazer ressoar as profundezas misteriosas dos pensamento e sentimentos de um escravo. Ele não estava, por esse motivo, disposto a permitir que se escapasse uma oportunidade tão providencial. Ele resolveu ouvir mais; por isso ouviu novamente aqueles tons doces e tristes os quais, segundo ele, lhe causavam tal impressão, que nunca poderiam ser apagados. Ele não teve muito que esperar. Lá veio outra torrente da mesma fonte cheia; ora azeda, ora doce. Denúncias contundentes da crueldade e da injustiça da escravatura; narrativas comoventes do seu sofrimento pessoal, entremeadas pelas preces ao Deus dos oprimidos em busca de ajuda e salvação, eram seguidas da exposição aos perigos e às dificuldades da fuga, e constituíam o fardo das suas eloquentes declarações; mas a sua impetuosa decisão agarrava-se a ele, – pois que ele terminava cada discurso com uma enfática declaração sobre o seu propósito de se tornar livre. A própria repetição disto parecia conceder um brilho ao seu semblante. A esperança na liberdade parecia adoçar, por uma temporada, o trago azedo da escravidão, e torná-la tolerável por um tempo; pois que quando mesmo no centro do redemoinho da angústia, – quando o cordão do seu coração parecia estar estragado até à tensão de rutura, a esperança brotava e acalmava o seu espírito perturbado. Ele exclamaria adequadamente, "Como a posso deixar? Pobre coitada! O que pode ela fazer quando eu partir? Oh! oh! É impossível que eu deixe a pobre Susan!"

Uma breve pausa interveio. O nosso viajante ergueu a cabeça, e viu novamente o escravo atacado de tristeza. O seu olho estava fixado no chão. O forte homem cambaleava sob uma carga pesada. Restabelecendo-se, ele argumentou alto assim: "Tudo aqui é incerto. O sol de amanhã pode não se levantar antes de eu ser vendido, e separar-me de quem eu amo. O que podia eu então fazer por ela? Eu estaria numa escravidão ainda mais desesperante, e ela mais longe da liberdade, – enquanto se eu fosse livre, – com a pertença de meus braços, – eu poderia encontrar os meios para a resgatar."

Dito isto, Madison lançou em redor um olhar de busca, como se o pensamento de ser escutado lhe tivesse passado pela cabeça. Ele nada mais disse, mas, com passos medidos, caminhou para se afastar, e perdeu-se da vista do nosso viajante entre os bosques selvagens.

Muito depois de Madison ter deixado o terreno, O Sr. Listwell (o nosso viajante) permaneceu num silêncio imóvel, meditando sobre as extraordinárias revelações as quais tinha ouvido. Ele pareceu preso ao local, e ficou meio esperançoso, meio temeroso do retorno do pregador negro ao seu templo solitário. O discurso de Madison ressuou pelas câmaras da sua alma, e vibrou através de todo o seu corpo. "Aqui está de facto um homem," pensou ele, "de raros atributos, – um filho de Deus, – culpado de nenhum outro crime para lá da cor da sua pele, a esconder-se da face da humanidade, e a derramar os seus pensamentos e sentimentos, as suas esperanças e resoluções pelos bosques solitários; para ele aqueles distantes sinos de igreja não têm qualquer musicalidade gratificante. Ele evita a igreja, o altar, e a grande congregação de adoradores cristãos, e segue a vaguear para a floresta sombria, para proferir no ar vago as queixas e as mágoas, as quais a religião dos seus tempos e do seu país não conseguem nem consolar nem aliviar. Enraivecido quase até à loucura pela sensação de injustiça que lhe foi feita, ele recorre aqui para dar vazão aos seus sentimentos reprimidos, e para se debater consigo mesmo sobre a exequibilidade dos planos, dos planos por ele mesmo inventados, para a sua própria salvação. A partir de agora eu sou um abolicionista. Eu vi o suficiente e ouvi o suficiente, e irei para a minha casa no Ohio

resolvido a expiar a minha indiferença passada perante esta malfadada raça, para fazer os devidos esforços que serei capaz de fazer, pela rápida
emancipação de todos os escravos na Terra.

Parte II: Em Busca da Liberdade

"O berrante, indiscreto e arrependido dia
Arrasta-se pelo seio do mar;
Altos uivos dos lobos fazem levantar as pilecas
Que arrastam a trágica melancolia da noite;
Que, com suas atordoadas, lentas, e murchas asas,
Ocultam sepulturas de defuntos, e que de suas bocas turvas
Expiram escuridão sórdida e contagiosa para o ar."

Shakespeare

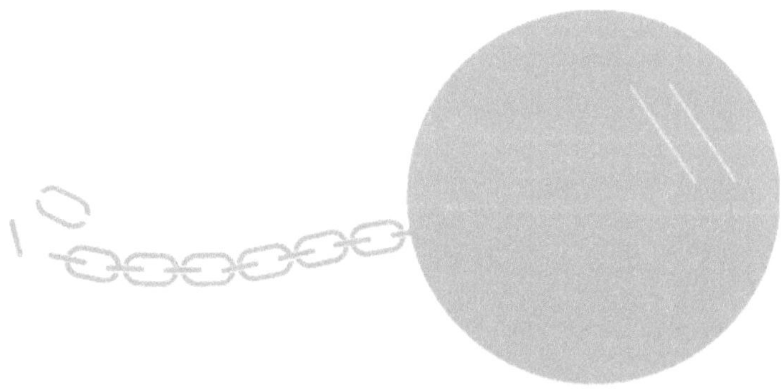

Cinco anos após a precedente ocorrência singular, no inverno de 1840, o Sr. e Sra. Listwell sentaram-se juntos diante da lareira da sua própria casa feliz no Estado de Ohio. As crianças tinham ido todas para a cama. Sobre a mesa de centro ardia luminosamente um único candeeiro. Lá dentro tudo estava quieto e confortável; mas a noite estava fria e escura; um vento forte suspirava e lamentava-se tristemente em redor da casa e do celeiro, ocasionalmente trazendo contra as janelas barulhentas as folhas perdidas dos grandes carvalhos que envolviam a sua residência. Era uma noite de barulhos estranhos e de fantasias estranhas. Toda uma vastidão de pensamentos pode ocorrer na mente durante uma noite assim. As brasas ardentes comungavam do espírito da noite inquieta, tornaram-se frutíferas de imagens variadas e fantásticas, e reavivou cenas antigas e velhas impressões. O feliz casal parecia estar sentado num fascinante silêncio, a olhar para a lareira. Subitamente esta fantasia foi interrompida por um forte rugido. Habitualmente, uma tal ocorrência dificilmente provocaria uma palavra que fosse, ou suscitado a menor apreensão. Mas há determinadas épocas em que o mais ligeiro dos ruídos faria estremecer todas as câmaras subtis da mente; e esta era uma época como tal. O feliz casal levantou-se, como se algum perigo súbito se tivesse abatido sobre eles. O rugido era o do seu fiel cão-de-guarda.

"O que pode significar isto? Com certeza que não pode haver alguém lá fora numa noite como esta," disse a Sra. Listwell.

"O vento enganou o cão, minha querida; ele confundiu o ruído dos ramos em queda, atirados ao chão pelo vento, com os de passos de pessoas a vir na direção da casa. Eu próprio, esta noite, já por diversas vezes ouvi o som de passos. Estou certo, no entanto, que não foi mais do que o vento. Esta não seria hora de cá virem amigos, ou numa noite como esta; e os ladrões são demasiado preguiçosos e auto-indulgentes para se exporem a este frio cortante; mas se houvesse alguém por aí, o nosso corajoso velho Monte, que está de vigia, não seria lento a fazer soar o alarme."

Ao dizer isto eles afastaram-se silenciosamente da janela, para onde haviam ido para tentar perceber a causa daquele rugido ameaçador, e voltaram a sentar-se junto da lareira, como se relutantes em abandonar as brasas que se extinguiam lentamente, ainda que a hora fosse já tardia. Com apenas uns minutos de permeio após se terem voltado a sentar, voltaram as suas sóbrias meditações a ser incomodadas. O seu cão fiel agora rugia e ladrava furiosamente, como se um adversário avançasse para o atacar. O casal levantou-se em simultâneo, e manteve-se numa expetativa muda. A disputa no exterior parecia ser feroz e violenta. No entanto, não demorou a que terminasse, – cessou o ladrar, porque, com um verdadeiro instinto canino, Monte rapidamente descobriu que um amigo, e não um inimigo da família, se dirigia à casa, e em vez de correr a repelir o suposto intruso, ele estava agora à porta, a choramingar-se e a dançar para que ele e o seu novo amigo fossem admitidos à casa.

O Sr. Listwell soube por este movimento que tudo estava bem; avançou e abriu a porta, e viu, através da luz que iluminava a escuridão, um homem alto a aproximar-se lentamente na direção da casa, com um pau numa mão, e uma pequena trouxa na outra. "É um viajante," pensou ele, "que se terá perdido do seu caminho e vem perguntar por onde seguir. Ainda bem que não fomos cedo para a cama, – eu pressenti a noite toda que alguém iria aparecer esta noite."

O homem havia agora parado a uma curta distância da porta, e parecia preparado tanto para fugir como para combater. "Entre, senhor, não se alarme, provavelmente perdeu-se do seu caminho."

Hesitando levemente, o viajante entrou; não sem que, no entanto, deitasse um olhar escrutinador ao seu anfitrião. "Não, senhor," disse ele "Eu vim pedir-lhe um favor maior."

Instantaneamente o Sr. Listwell exclamou, (enquanto a lembrança da floresta da Virgínia lhe ocorreu subitamente,) "Oh, senhor, eu não sei o seu nome, mas já vi a sua cara, e já antes ouvi a sua voz. Estou contente de o ver. Eu sei tudo. Está a voar em busca da sua liberdade, – sente-se, – sente-se, expulse todos os medos. Tu estás seguro sob o meu telhado."

Este reconhecimento, tão inesperado, desconcertou e inquietou bastante o nobre fugitivo. A timidez e suspeição das pessoas que se estão a escapar da escravatura são facilmente despertáveis, e frequentemente o que pretende eliminar uma, e dissipar a outra, tem precisamente o efeito contrário. Assim era neste caso. Rapidamente observando a infeliz impressão provocada pelas suas palavras e ações, o Sr. Listwell assumiu uma postura mais silenciosa e inquiridora, e por fim teve sucesso na remoção das apreensões que a sua muito natural e generosa saudação havia suscitado.

Assim assegurado, o estranho disse, "Senhor, adivinhou com razão, eu sou, de facto, um fugitivo da escravatura. O meu nome é Madison, Madison Washington chamava-me a minha mãe. Estou a caminho do Canadá, onde soube que as pessoas da minha cor são protegidas por todos os direitos do homem; e a minha intenção ao chamar por si foi no sentido de lhe pedir o privilégio de poder descansar os meus membros cansados no seu celeiro por esta noite. Era meu propósito ter continuado a minha jornada até de manhã; mas o frio penetrante, e a escuridão franzida compeliram-me a procurar abrigo; e, ao ver uma luz através da treliça da sua janela, eu fui encorajado a vir aqui para lhe pedir o dito privilégio. Far-me-á um grande favor ao garantir-me abrigo para a noite."

"Tereis de facto um local de descanso, senhor; no entanto, não no meu celeiro, mas no melhor quarto da minha casa. Considere-se, se fizer o favor, debaixo do teto de um amigo; pois é tal o que lhe sou, e para toda a sua raça profundamente lesada."

Enquanto esta conversa introdutória decorria, a gentil senhora tinha reavivado o fogo da lareira, e estava diligentemente a preparar o jantar; porque ela, não menos que o seu marido, estava sentida pelas tristezas dos oprimidos e perseguidos da Terra, e ficava sempre contente por ter uma oportunidade de lhes prestar um serviço. Rapidamente foi preparada uma refeição abundante, e o escravo faminto e desgastado pelo trabalho foi cordialmente convidado a participar nela. Gratamente ele reconheceu o favor dos seus benevolentes benfeitores; mas mal pareceu perceber o que tamanha hospitalidade poderia significar. Foi a primeira vez na sua vida que ele conheceu tão humana e amigável saudação às mãos de pessoas cuja cor diferia da sua; no entanto era-lhe impossível para ele duvidar da filantropia dos seus novos amigos, ou da genuinidade das boas-vindas oferecidas tão abertamente; e por isso ele, muito agradecido, tomou o seu lugar à mesa do Sr. e da Sra. Listwell, os quais, desejosos de o fazerem sentir-se em casa, prepararam uma chávena de chá para si mesmos, enquanto urgiam a colocar à disposição de Madison o melhor que a sua casa podia oferecer.

Jantar terminado, todas as dúvidas e apreensões desapareceram, os três se colocaram em volta da lareira em chamas, e a conversa que então se iniciou durou até bem depois da meia-noite.

"Ora bem, disse Madison ao Sr. Listwell, "devo dizer que eu estava um pouco surpreso e alarmado quando entrei, por aquilo que me disse; mas por favor diga-me, senhor, porque achou que já tinha visto a minha cara antes, e o que lhe revelou que eu era um fugido da escravatura; é que eu tenho a certeza de nunca ter estado nesta vizinhança antes, e eu tentei com certeza ocultar o que supunha ser o comportamento de um escravo fugitivo."

O Sr. Listwell de imediato desvendou o segredo com honestidade; descrevendo-lhe o local onde o havia visto pela primeira vez; ensaiou a linguagem que ele (Madison) havia usado; referiu-se ao efeito que os seus modos e discurso lhe havia provocado; declarou a decisão de se tornar abolicionista que então tomou; contou sobre a frequência com que falava da circunstância, e a preocupação que ele sentia desde então sobre o que havia sido feito dele; e se ele tinha levado a cabo o propósito de iniciar a sua fuga, como lhe havia declarado nos bosques que iria fazer.

"Desde essa manhã," disse o Sr. Listwell, "que raramente esteve ausente dos meus pensamentos, e ainda que agora eu não me atrevesse a ter a esperança de o voltar a ver, desejei muitas vezes ter essa sorte; porque, desde essa hora, que a sua cara me pareceu ter ficado gravada na minha memória."

Madison pareceu bastante surpreendido, e sentiu-se espantado com a narrativa que acabava de ouvir. Depois de se recuperar, ele disse, "Lembro-me dessa manhã, e da angústia azeda que me apertou o coração. No sábado anterior eu havia sofrido um cruel chicoteamento; tinha sido amarrado à ponta de um galho de uma árvore, com os meus pés acorrentados juntos, e uma barra de ferro pesada entre os meus calcanhares. Assim suspenso, recebi nas minhas costas despidas quarenta vergastadas, e fui mantido nesta posição constrangedora por três ou quatro horas, e fui depois descido, somente para que aumentasse a tortura sobre mim; pois que as minhas costas em sangue, cortadas pelo couro de vaca, foram lavadas pelo capataz com salmoura velha. O meu crime foi ter ficado tempo a mais na serração, no dia antes, do que aquilo que foi considerado que deveria ter ficado, o que, garanti eu ao meu amo e ao capataz, não havia sido culpa minha; mas não me foram admitidas quaisquer desculpas. 'Tem tento na língua, seu canalha insolente,' foi a resposta a todas as minhas explicações. Os donos de escravos são tão imperiosos quando se excitam as suas paixões, que interpretam como insolente cada palavra proferida por um escravo. Eu nada podia fazer que não submeter-me à agoniante imposição. Ainda a sofrer as dores das feridas, assim como da consciência de ser chicoteado sem motivo, tirei vantagem da ausência do meu amo, que havia ido à igreja, para passar um tempo nos bosques, e me remoer do meu miserável destino. Oh, senhor, eu lembro-me bem, e nunca o poderei esquecer."

"Mas isto foi há cinco anos atrás; onde esteve desde então?"

"Eu tentar-lhe-ei dizer-lho," disse Madison. "Apenas quatro semanas após a manhã desse *Sabbath*[2], eu juntei os poucos trapos de roupa que tinha, e comecei, como supus, o caminho para o Norte e para a liberdade. Não me devo reter para descrever os meus sentimentos quanto a dar este passo. Parecia como dar um salto para a escuridão. O pensamento de deixar a minha pobre esposa e as duas pequenas crianças causou-me uma angústia indescritível; mas consolei-me com a reflexão de que uma vez livre, eu poderia, possivelmente, conceber formas e meios de ganhar também a liberdade deles, e encorajei-me para fazer a tentativa. Eu iniciei a fuga, mas o azar bateu-me à porta; porque após estar fora uma semana inteira, estranho será dizer, mas encontrei-me ainda nos terrenos do meu amo; na terceira noite

---

[2] Sábado

depois de ter saído, instalou-se uma safra de nuvens e de chuva, impedindo-me completamente de ver a Estrela do Norte, na qual eu havia depositado a minha confiança para me guiar, sem imaginar que as nuvens se poderiam imiscuir entre nós.

"Esta circunstância foi fatal para o meu projeto, pois que ao perder a estrela, eu perdi-me do meu caminho; e assim, quando eu supunha estar longe na direção do Norte, e quase ter alcançado a minha liberdade, eu dei por mim no mesmo exato ponto onde havia iniciado a fuga. Foi uma difícil provação, porque eu cheguei a casa num estado miserável; os meus pés doíam, e ao viajar pelo escuro, eu havia batido com um pé contra um tronco, e arranquei uma unha, e aleijei-me. Eu estava molhado e com frio; uma semana havia-me levado à completa exaustão; e quando aterrei na plantação do meu amo, com todo o meu trabalho por fazer novamente, – esfomeado, cansado, aleijado, e desnorteado, – eu quase que amaldiçoei o dia em que nasci. Neste extremo aproximei-me dos alojamentos. Fi-lo sorrateiramente, ainda que no meu desespero mal queria saber se era ou não descoberto. Ao espreitar pelas cortinas dos alojamentos, vi os meus companheiros escravos sentados junto de uma lareira aconchegante, meramente a passar o tempo, como se os seus corações não conhecessem a tristeza. Ainda que invejasse o seu aparente contentamento, no estado miserável em

que eu me encontrava, eu desprezei a covarde aqui-
escência da sua própria degradação que isso implica-
va, e senti uma espécie de orgulho e glória no meu
próprio destino. Não me atrevi a entrar nos alojamentos, porque onde há um aparente contentamento com a escravatura, há com certeza uma traição à
liberdade. Eu continuei na direção da casa grande,
na esperança de alcançar um vislumbre da minha
pobre esposa, em quem eu sabia poder confiar os
meus segredos mesmo que no cadafalso. Mesmo ao
alcançar a cerca que separava o campo do jardim, eu
vi uma mulher no quintal, a qual, na escuridão, jul-
guei ser a minha mulher; mas um olhar mais atento
disse-me que não era ela. Eu estava prestes a falar;
tivesse-o feito e não estaria aqui esta noite; pois teria
soado um alarme, e os caçadores colocados no meu
encalço. Aqui estava a fome, o frio, a sede, a deceção
e o desgosto, que se confrontavam somente com a
esperança diminuta da liberdade. Eu tremo só de
pensar nessa terrível hora. Enfrentar a boca mortífe-
ra de um canhão com o sangue quente sem estremecer, é, penso eu, um pequeno feito, quando
comparado a um conflito destes e se está escanzela-
do de fome. O mastigar da fome vai-se instalando
por etapas, até que tudo o que um homem tenha ele
troca por uma pequena migalha de pão. Graças a
Deus, eu não estava ainda completamente reduzido
a este extremo.

"Felizmente para mim, antes do momento fatal do desespero absoluto, a minha boa mulher apareceu no quintal. Era ela; reconheci-lhe os passos. Tudo estava bem agora. Eu estava, no entanto, temeroso de falar com o receio de a assustar. E ainda assim eu falei; e, para minha enorme alegria, a minha voz foi reconhecida. O nosso encontro pode ser mais facilmente imaginado do que descrito. Por uns momentos foi esquecida a fome, a sede, o cansaço e a lamechice. Mas em breve foi necessário que ela retornasse para a casa. Sendo ela uma servente, a sua ausência da cozinha, se descoberta, poderia levantar suspeitas. A nossa separação foi como arrancar a carne dos meus ossos; no entanto foi um ato de sabedoria ela ir-se. Deixou-me com o propósito de me voltar a encontrar à meia-noite naquela mesma floresta em que vós me vistes pela última vez. Ela conhecia bem o local, como um dos meus retiros melancólicos, e podia facilmente dar com ele, ainda que a noite estivesse muito escura.

"Consequentemente apressei-me a afastar-me, e escondi-me, enquanto aguardei a chegada do meu bom anjo. Enquanto ali repousava entre as folhas, senti uma forte tentação de voltar novamente à casa do meu amo e entregar-me; mas ao recordar a minha promessa naquele memorável domingo de manhã, eu fui capaz de suportar as duas longas horas entre as dez e a meia-noite. Bem que as posso considerar horas longas. Já enfrentei muita dureza; já me confrontei com muitos perigos; mas a ansiedade daquelas duas horas foi a mais amarga que alguma vez experimentei. Verdadeira para com a sua palavra, a minha esposa veio carregada com provisões, e sentamo-nos na beira de um tronco naquela escura e solitária hora noturna. Não posso dizer que tenhamos falado; os nossos sentimentos eram demasiado grandes para isso; e, no entanto, chegámos a um entendimento de que deveria fazer dos bosques a minha casa, porque se me entregasse, eu seria chicoteado e vendido; e se pusesse a caminho do Norte, eu deixaria uma esposa que me era duplamente querida. Por conseguinte, acordamos mutuamente que eu deveria permanecer na vizinhança. Vivi nos pântanos sombrios, senhor, por cinco longos anos, – uma gruta por minha casa durante o dia. Vagueei em redor durante a noite com o lobo e o urso, – sustentado pela promessa de que a minha querida Susan se encontraria comigo no pinhal pelo menos uma vez por semana. Esta promessa foi cumprida, posso garantir-vos, à letra, para meu grande alívio. Em parte, havia-me contentado com o meu modo de vida, e tinha decidido passar ali os meus dias; mas a natureza selvagem que me abrigou por tanto tempo pegou fogo, e recusou-se a continuar a ser o meu esconderijo.

"Não vos vou afligir com a descrição da incrível cena desta terrível conflagração. Não há nada a que a possa assemelhar. Foi horrível e indescritivelmente imponente. O mundo inteiro parecia estar a arder, e parecia-me que o dia do julgamento final havia chegado; que as entranhas da terra haviam irrompido em chamas, e que o fim de todas as coisas estava próximo. Ursos e lobos, calcinados nos seus misteriosos esconderijos na terra, e todos os habitantes selvagens da floresta virgem, tomados por um desânimo comum, a correr, a gritar, a uivar, desnorteados entre o fumo e as chamas. Os próprios céus pareciam chover o fogo através das copas das árvores; foi por mera sorte que escapei ao elemento devorador. A correr diante dele, e a parar de vez em quando para ganhar fôlego, olhei para trás a fim de contemplar a sua devastação assustadora, e beber a sua magnificência selvagem. Era horrível, emocionante, solene, incomparável. Quando ajudada pelos caprichos do vento, a implacável tempestade de fogo levava tudo à frente, faiscando, rangendo, estalando, ondulando, rugindo, superando no seu terrível esplendor mil tempestades de uma só vez. Saltava de árvore em árvore, engolindo-as no seu sensacional e nefasto clarão; e deixando-as para trás desfolhadas, desmembradas, carbonizadas, e sem vida. A cena era esmagadora, estonteante, – nada foi poupado, – gado, doméstico e selvagem, varas de suínos e manadas veados, bestas selvagens de todos os nomes e géneros, – enormes aves noturnas, morcegos, e corujas, que se haviam retirado para as suas casas nas copas altas das árvores para descansar, pereciam naquela tempestade de fogo. Os abutres de longas asas, e o corvo coaxante misturavam os seus gritos sombrios com os das inúmeras miríades de pequenas aves que se erguiam nos céus e se perdiam de vista em nuvens de fumo e chamas. Oh, eu estremeço quando penso nisso! Muitos fugitivos errantes, que, tal como eu, procuraram entre as bestas selvagens a misericórdia negada pelos nossos próprios semelhantes, viram, numa consternação desamparada, a sua morada e cidade de refúgio, para sempre reduzida a cinzas. Foi esta imponente conflagração que me guiou para aqui; eu fugi da mesma forma do fogo e da escravatura."

Após uma breve pausa, (porque tanto o orador como os ouvintes estavam profundamente comovidos pelo recital acima,) o Sr. Listwell, dirigindo-se a Madison, disse, "Se não o cansar demasiado, conte-nos algo sobre as suas viagens após o desastroso fogo, – estamos profundamente interessados em tudo o que possa trazer luz às provações das pessoas que escapam da escravatura; podíamos ouvi-lo falar toda a noite; não houve incidentes que nos possa relatar nos seus caminhos até cá? Ou são eles tais que não gostaria de os mencionar?"

"Em grande parte, senhor, o meu percurso tem sido ininterrupto; e, tendo em conta as circunstâncias, por vezes até agradável. Eu pouco sofri por falta de comida; mas não preciso de lhe dizer como a consegui. O seu código moral poderá ser diferente do meu, uma vez que os seus costumes e usos são diferentes.

O facto é que, caro senhor, durante a minha fuga, eu senti-me roubado dos meus justos direitos pela sociedade; eu encontrava-me na terra do inimigo, que visava a minha vida tal como a minha liberdade. Eles transformaram-me num bruto; fizeram do meu corpo mercadoria, e a todos os propósitos da minha fuga, transformaram o dia em noite, – e guiado pelas minhas próprias necessidades, e com desprezo pelas suas convenções, eu não desdenhei tirar o pão de onde o pudesse arranjar."

"E estivestes certo nisso," disse o Sr. Listwell; "Eu próprio tive dúvidas nesse ponto, mas uma conversa com Gerrit Smith – um homem, diga-se, que eu gostaria que pudesse conhecer, porque ele é um devoto amigo da sua raça, e eu sei que ele o receberia com agrado – pôs fim a todas as minhas dúvidas quanto a este ponto. Mas não deixe que o interrompa."

"Durante a minha viagem apenas por uma vez escapei por um triz," disse Madison.

"Permita que saibamos sobre o sucedido," disse o Sr. Listwell.

"Há duas semanas," continuou Madison, "após viajar por toda a noite, ao alvorecer, fui surpreendido por aquilo que me pareceu ser um quase interminável bosque. Eu considerei que não seria seguro continuar, e, como de costume, olhei em redor em busca de uma árvore adequada na qual pudesse passar o dia. Eu queria encontrar uma com folhagem cerrada no topo, e encontrei uma mesmo à minha medida. Acima a trepei, e escondendo-me o melhor que podia, eu, com esta cinta (enquanto puxava uma para fora do bolso do seu velho casaco), agarrei-me a um ramo, e tive a esperança de ter uma boa noite de sono nesse dia, mas depressa me desiludi. Eu mal acabava de me prender à minha rede natural, quando ouvi as vozes de uma quantidade de pessoas, aparentemente a aproximar-se da zona dos bosques onde eu me encontrava. Palavra de honra, senhor, eu temia mais essas vozes humanas do que o que deveria temer das dos animais selvagens. Eu estava sem saber o que fazer. Se eu descesse, provavelmente seria descoberto pelos homens; e se eles tivessem cães eu iria, sem dúvida, ser pendurado numa árvore. Foi um momento de ansiedade, mas as adversidades e os perigos têm acompanhado a minha vida; e têm, talvez, concedido-me uma certa rigidez de caráter, a qual, em certa medida, me adapta a eles. No meu atual dilema, eu decidi manter-me no meu lugar no topo da árvore, e suportar as consequências.

Mas aqui devo desiludir-vos; porque os homens, que eram todos de cor, detiveram-se a pelo menos uns cem metros de mim, e depois começaram, com a maior das seriedades, a atacar as árvores com os seus machados. O som das gargalhadas dos seus machados era como o som de outras tantas pistolas bem carregadas. A pouco e pouco lá vieram abaixo pelo menos uma dúzia de árvores numa queda estrondosa. Eles saltaram para cima das árvores abatidas com um ar vitorioso. Eu não conseguia ver um só cão com eles, e senti-me comparativamente seguro, ainda que não pudesse esquecer a possibilidade de que alguma aberração ou fantasia pudesse levar o machado um pouco para mais perto do meu domicílio do que seria compatível com a minha segurança.

"Não houve forma de conseguir dormir nesse dia, e desejei que anoitecesse. Podeis imaginar que o pensamento de ver atacada a árvore em que me alojava estava longe de ser agradável, e que isso muito facilmente me mantinha vigilante. O dia não passou sem que houvesse diversões. Os homens que trabalhavam pareciam ser um alegre conjunto; e eles faziam frequentemente ressoar pelos bosques aquele riso descontrolado pelo qual nós, enquanto raça, somos notáveis. Eu mantive o meu lugar na árvore até ao pôr-do-sol, – vi os homens a vestir os seus casacos para se irem embora. Observei que todos deixaram o local à exceção de um, o qual vi a sentar-se na beira de um cepo, com a sua cabeça curvada e os seus olhos aparentemente fixos no chão. Ganhei interesse nele. Depois de me sentar na posição à qual aludi por uns dez ou quinze minutos, ele abandonou o cepo, caminhou diretamente na direção da árvore na qual eu estava escondido, e deteve-se quase debaixo dela. Ficou de pé por um momento e olhou em redor, deliberada e reverentemente tirou o seu chapéu, e por isso eu pude ver que ele era um homem no anoitecer da vida, ligeiramente calvo e bastante grisalho. Depois de pousar o seu chapéu cuidadosamente, ele ajoelhou-se e rezou em voz alta, e era uma tal oração, a mais fervorosa, sincera e solene, que julgo alguma vez ter ouvido. Depois de reverencialmente se ter dirigido ao Todo-Poderoso, como o todo-sapiente, o todo-bondoso e Pai comum a toda a Humanidade, implorou a Deus pela graça, pela força, para suportar e aguentar, como um bom soldado, todas as dificuldades e provações que cercam a jornada da vida, e para capacitá-lo a viver de uma maneira que estivesse de acordo com o evangelho de Cristo. A alma dele quebrou-se então numa humilde súplica pela salvação da servidão. 'Ó tu,' disse ele, 'que ouves o clamor do corvo, tem piedade do pobre de mim! Ó... livra-me! Ó... livra-me! por piedade, Ó Deus, livra-me das correntes e das múltiplas agruras da escravidão! Contigo, Ó Pai, todas as coisas são possíveis. Tu pudeste suportar e medir a terra. Tu contemplaste e dividiste as nações, – todo o poder está nas tuas mãos, – tu que dizias antigamente, "Eu vi a aflição do meu povo, e vim para o libertar," – Oh, põe os olhos nas nossas aflições, e tem piedade de nós.' Mas não posso repetir a sua oração, nem posso eu dar-vos uma ideia da sua profunda empatia. Eu pouca atenção havia dado à religião, e pouca fé tinha nela; no entanto, à medida que o velho homem orava, quase que senti a vontade de descer e ajoelhar-me ao seu lado, e de juntar a minha destroçada queixa à dele.

Ele havia já ganho a minha confiança; como poderia ser de outra forma? Eu sabia o suficiente sobre a religião para saber que o homem que reza em segredo é muito mais capaz de ser sincero do que aquele que gosta de rezar no meio da rua ou na grande congregação. Quando ele se ergueu dos seus joelhos, como mais um *Zacheus*[3], eu desci da árvore. Ele pareceu um pouco sobressaltado a princípio, mas eu contei-lhe a minha história, e o bom homem acolheu-me nos seus braços, e assegurou-me da sua compaixão.

"Eu estava agora quase sem mantimentos, e pensei que lhe poderia pedir de forma segura ajuda para me reabastecer. Ele disse que não tinha dinheiro;

---

[3] Profeta da bíblia que dedicou parte da sua vida a espalhar a palavra de Deus, era um coletor de impostos que doou metade da sua riqueza para provar a sua generosidade, conhecido por ter subido um plátano para ver Jesus.

mas que se tivesse ele me os ofereceria. Eu disse-lhe que tinha um dólar; era todo o dinheiro que eu tinha no mundo. Eu dei-lho, e pedi-lhe que me comprasse algumas bolachas e queijo, e para que gentilmente me trouxesse umas compras equilibradas; disse-lhe que ficaria ali ou por perto daquele lugar, e que iria ter com ele quando regressasse, logo que ele assobiasse. Ele tinha ido há apenas uma hora. Entretanto, por uma causa ou outra, eu não sei a qual, (mas como ireis sabiamente perceber,) eu mudei de lugar. No seu regresso eu comecei por ir ao seu encontro; mas pareceu-me que uma sombra de perigo se aproximava e isso tomou o meu espírito, e assinalou a minha progressão. Em poucos minutos, no encalço dos calcanhares do velho homem, eu vi nitidamente quatorze homens com algo como armas nas suas mãos."

"Oh! o velho miserável!" exclamou a Sra. Listwell, "ele traiu-o, não foi?"

"Creio que não," disse Madison, "Eu não posso acreditar que tenha sido culpa dele. Provavelmente ele foi a uma mercearia, pediu os artigos que eu lhe havia indicado, e apresentado a nota que lhe havia dado; e é tão pouco habitual que os escravos da região tenham dinheiro, que esse facto, indubitavelmente, tenha levantado suspeitas e provocado uma inquirição. Posso facilmente acreditar que a autenticidade do caráter do velho homem o tenha compelido a revelar os factos; e assim se terão colocado na minha pista esses homens sedentos de sangue. Claro que eu não me mostrei; ao invés, encobri cuidadosamente o meu esconderijo. Se descoberto e atacado, resolvi que venderia a minha vida o mais caro possível.

"Após procurar pelos bosques silenciosamente por um tempo, toda a companhia se juntou em redor do velho homem; um acusou-o de mentir, e chamou-lhe velho vilão; disse que ele era um ladrão; acusou-o de ter roubado o dinheiro; disse-lhe que se não dissesse imediatamente onde o tinha arranjado, eles lhe arrancariam a camisola das suas velhas costas e lhe dariam trinta e nove chibatadas.

"'Eu não roubei o dinheiro,' disse o velho, 'foi-me dado, tal como vos disse na mercearia; e se o homem que mo deu não está aqui, não é culpa minha.'

"'Cala-te! velho patife mentiroso; vamos-te dar uma lição. Não sairás deste sítio até nos dizeres onde é que arranjaste aquele dinheiro.'

"Foi então que o agarraram, e o começaram a despir; enquanto outros foram apanhar paus com os quais lhe bater. Eu senti, nesse momento, uma vontade de me atirar para o meio deles; mas tendo em consideração que o velho acabaria por ser ainda mais chicoteado por ter ajudado um escravo em fuga, e que, talvez, no combate ele poderia acabar por ser mesmo morto, desobedeci a esse impulso. Eles ataram-no a uma árvore, e começaram a chicoteá-lo. A minha própria carne se crepitava a cada golpe, e até hoje parece que ouço os gritos comoventes do velho homem. Eles deram-lhe trinta e nove vergastadas nas suas costas despidas, e iam repetir o mesmo número, quando um dos elementos do grupo persuadiu os seus camaradas a desistir. 'Ides matar o diabo do velho patife! Já lhe arrancaram fora um dólar da sua pele, mesmo que o tenha roubado!' 'Ó sim,' disse um outro, 'desçam-no. Ele não nos volta a mentir, garanto-vos!' Com isto, um dos da companhia desatou o velho, e mandou-o ir à vida dele.

"O velho foi-se embora, mas a companhia permaneceu por ali cerca de uma hora, a vasculhar os bosques. Andaram às voltas e às voltas, a revirar a vegetação rasteira, e a espreitar em redor como o fazem tantos sabujos. Por duas ou três vezes eles aproximaram-se até um raio de dois metros de onde eu estava. Eu digo-vos, segurei o meu pau com maior firmeza do que aquela com que me aproximei esta noite da vossa casa. Eu estava à espera de deitar abaixo pelo menos um deles. No entanto, afortunadamente, eu consegui escapar da perseguição deles, e deixaram-me sozinho nos bosques.

"O meu último dólar tinha ido ao ar, e podeis muito bem supor que senti a sua perda; mas o pensamento de que estava agora novamente livre para prosseguir a minha viagem, evitou aquela depressão que a sensação de miséria causa; e assim, a balançar a minha pequena trouxa nas costas, apanhei um vislumbre da Ursa Maior (que sempre aponta o caminho da minha bem-amada estrela,) e recomecei a minha viagem. O que perdi em dinheiro compensei com um galinheiro nessa mesma noite, com o qual afortunadamente me deparei."

"Mas não comia a sua comida crua, pois não? Como é que cozinhou?" questionou a Sra. Listwell.

"Ó não, Senhora," disse Madison ao virar-se para a sua pequena trouxa: – "Eu tinha os meios para cozinhar." E então tirou da sua trouxa uma caixa de mechas à moda antiga, e pegou num pedaço de uma lima, que trazia com ele, atingiu-a com uma pedra pesada, e de lá saíram pelo menos uma dúzia de faíscas de uma só vez. E então ele disse, "Tenho esta caixa há mais de cinco anos. Foi a única propriedade salva do fogo no pântano sombrio. Tem-me dado muito jeito. Tem-me dado os meios para assar muitas galinhas!"

Parecia ser um grande alívio para a Sra. Listwell saber que Madison tinha, pelo menos, vivido com base em comida cozinhada. As mulheres têm um completo horror de comer comida crua. Por esta altura os pensamentos sobre o que seria melhor fazer para conseguir que Madison chegasse ao Canadá começaram a atribular o Sr. Listwell; porque as leis de Ohio eram muito rígidas contra quem quer que ajudasse, ou que fosse apanhado a ajudar um escravo a escapar através desse Estado. Um cidadão, pelo simples ato de transportar um escravo fugitivo na sua charrete, tinha acabado de ser despojado de toda sua propriedade e atirado de volta ao mundo sem um único cêntimo. Não obstante, o Sr. Listwell estava determinado a ver Madison fazer o seu caminho em segurança até ao Canadá. "Não se inquiete," disse ele a Madison, "pois mesmo que isso me custe a minha quinta, eu vou fazer com que saia em segurança dos *States*, e pôr-nos a caminho de uma terra de liberdade. Graças a Deus que há uma tal terra tão perto de nós! Amanhã passará o dia connosco, e à noite levá-lo-ei na minha charrete até ao Lago. Depois disso estará em segurança."

"Agradeço-lhe! agradeço-lhe," acedeu o fugitivo; "Entrego-me ao seu cuidado."

Pela primeira vez em cinco anos, Madison apreciou o luxo de descansar os seus membros numa cama confortável, e dentro de uma habitação humana. Ao olhar para os lençóis brancos, ele virou-se para o Sr. Listwell e disse, "O quê, senhor! não me está a querer dizer que vou dormir nessa cama?"

"Oh sim, oh sim."

Depois de o Sr. Listwell ter deixado o quarto, Madison disse ter hesitado realmente entre deitar-se ou não no chão; porque isso seria muito mais confortável e convidativo do que qualquer cama que ele já tivesse usado.

Passemos à frente os pensamentos e sentimentos, as esperanças e os medos, os planos e os propósitos, que revolverão a mente de Madison durante o dia em que esteve escondido na casa do Sr. Listwell. O leitor ficará contente por saber que nada ocorreu que colocasse em perigo a sua liberdade, ou que provocasse alarme. Muitas foram as atenções que lhe foram concedidas no seu retiro e esconderijo sossegado. À noite, o Sr. Listwell, após ter tratado de arranjar um novo conjunto de roupas de inverno, e de preencher a sua carteira esgotada com cinco dólares, tudo em prata, trouxe para fora a sua carroça de dois cavalos, bem abastecida de mantimentos, e partiu silenciosamente com ele em direção a *Cleveland*. Chegaram lá sem interrupção, uns minutos antes do pôr-do-sol da manhã seguinte. Afortunadamente o barco-a-vapor *Admiral* permanecia no cais, e estava previsto partir para o Canadá às nove horas. Aqui foi ultrapassado o último perigo que se antecipava. Temia-se que exatamente neste ponto os caçadores de homens estivessem à espreita, e, possivelmente, prontos a atacar a sua vítima. O Sr. Listwell viu o capitão do barco; sondou-o cautelosamente sobre o assunto de transportar passageiros amantes da liberdade, antes de apresentar a sua preciosa carga. Feito isto, Madison foi conduzido a bordo. Com uma generosidade natural este verdadeiro súbdito da rainha emancipadora deu as boas-vindas a Madison, e assegurou-o de que ele seria desembarcado em segurança no Canadá, sem quaisquer custos. Agora Madison já não se sentia como mais um artigo de mercadoria, mas sim um passageiro, e, como qualquer outro passageiro, a ir tratar da sua vida, carregando consigo o que lhe pertencia, e nada que pertencesse por direito a mais ninguém.

Embrulhado no seu novo fato de inverno, acon-chegado e confortável, um bolso cheio de prata, a salvo dos seus perseguidores, embarcado a caminho de um país livre, Madison deu todos os sinais de gratidão sincera, e despediu-se do seu gentil benfeitor com um aperto de mão que denotava um coração cheio de honesta hombridade, e uma alma que sabia como apreciar a bondade. Pouco necessário será dizer que o Sr. Listwell estava profundamente comovido pela gratidão e amizade que havia provocado em tão nobre natureza como a do fugitivo. Ele foi para casa nesse dia com a alegria e a gratificação que não conhecia limites. Ele havia feito algo "para salvar o destruído das mãos do destruidor," ele havia dado pão ao esfomeado, e roupas ao despido; ele tinha-se tornado amigo de um homem para com quem as leis do seu país impediam qualquer amizade, – e na proporção das probabilidades contra a sua correta ação, foi a deliciosa satisfação que alegrou o seu coração. Ao chegar a casa ele exclamou, "Ele está a salvo, – ele está a salvo, – ele está a salvo," – e a chávena do seu contentamento foi partilhada com a sua excelente companheira. Uns dias mais tarde receberam a seguinte carta de Madison:

WINDSOR, CANADA WEST, DEC. 16, 1840.

Meu caro amigo, pois tal verdadeiramente sois: Madison está por fim fora dos bosques; eu aninho-me na juba do Leão Britânico, protegido pela sua poderosa pata das garras e do bico da Águia Americana. SOU LIVRE, e respiro uma atmosfera demasiado pura para os escravos, os caçadores de escravos, ou os donos de escravos. O meu coração está cheio. Muitos agradecimentos, senhor, e à sua gentil senhora, tantos quantos os seixos que há nas margens do Lago Erie; e que a bênção de Deus recaia sobre ambos vós. Jamais sereis esquecidos por este vosso amigo profundamente grato, Madison Washington.

Parte III: O Mercado de Escravos

A sua cabeça estava com o seu coração, E isso estava muito longe!

Childe Harold

Mesmo na berma da grande estrada que liga *Petersburg*, na Virgínia, a *Richmond*, e apenas a cerca de vinte e cinco quilómetros deste último local, existe uma taberna pública algo antiga e famosa, bastante notável nos seus melhores dias, por ser a grande estância de passagem da maior parte dos principais jogadores, corredores de cavalos, promotores de lutas de galos e traficantes de escravos de toda a região em redor. Esta velha colónia, núcleo de todo o tipo de pássaros, na sua maioria dos de mau agouro, tem, como tudo o resto que é peculiar na Virgínia, perdido muito da sua ancestral consequência e esplendor; no entanto mantém uma certa aparência de alegria e vida agitada, e ainda é frequentada, até por viajantes respeitáveis, que desconhecem a sua história passada e a sua presente condição. O seu belo pórtico antigo é bem aparentado à distância, e dá ao edifício um ar de grandeza. Uma vista mais próxima, no entanto, pouco faz para sustentar esta pretensão. A casa é grande, e o seu estilo imponente, mas o tempo e a dissipação, infalíveis nos seus resultados, deixaram marcas indeléveis sobre ele, e deve, no curso comum dos acontecimentos, ser em breve acrescentada às coisas que foram. O manto soturno da ruína está já estendido para a envolver, e os seus resquícios, ainda agora me fazem lembrar uma caveira humana, após a carne ter sido devorada pela terra. Velhos chapéus e trapos preenchem os espaços nas janelas de cima outrora ocupadas por grandes vidraças, e os painéis moldados dos rufos caíram do seu lugar, deixando buracos e fendas para os inquilinos, morcegos e andorinhas que aí constroem os seus ninhos. A plataforma do pórtico que confronta a estrada é frágil, tem as tábuas soltas, e algumas partes nem lá estão, criando no seu lugar verdadeiras e eficazes armadilhas para os vagueantes noturnos, os pilares de madeira, que antes o suportavam, mas que agora pendem como fardos, estão todos podres, e estremecem ao toque. Uma parte do estábulo, uma antiga e magnífica estrutura no tempo da sua construção, que outrora ofereceu um digno e confortável abrigo a centenas dos mais nobres cavalos do *Old Dominion*[4], fui deitado abaixo faz muitos anos, e nunca foi, e, provavelmente, nunca será reconstruído. As portas do celeiro estão num estado deplorável; fecham-se com um pouco de força humana para ajudar as suas dobradiças gastas, mas não de outra forma. A lateral do grande edifício vista da estrada está muito descolorada em diversos sítios devido às manchas que se derramam das janelas superiores, tornando-o inestético e insolente noutros aspetos. Três ou quatro cães grandes, aparentando-se tão monótonos e sombrios como a própria mansão, estão deitados e estendidos ao longo das ombreiras por debaixo do pórtico, e o dobro dos vadios, alguns deles completamente maduros e outros a amadurecer, dispõem-se como sentinelas pela frente da casa. Estes últimos compreendem a ciência de travar conhecimento até à perfeição. Eles conhecem toda a gente, e quase toda a gente os conhece. Pois claro, como o seu título implica, eles não têm um emprego constante. Eles são (de modo a usar uma frase expressiva) encostados, ou ainda melhor, eles são o que os marinheiros chamariam metediços, na seara alheia, e no turno de ninguém. Eles são, no entanto, tão bons como os jornais para os eventos do dia, e vendem o seu conhecimento quase tão barato como os jornais. Dinheiro eles raramente têm; são sempre

---

[4] alcunha do Estado da Virgínia significando "Velho Domínio"

os mais fiáveis. Eles têm a sua maneira de lidar com um viajante de sucesso com a inteligência adquirida através do anterior. Eles sabem de cor todos os grandes nomes da Virgínia, e avistaram os seus proprietários com frequência. A história da casa guarda-se nos lábios deles, e contam histórias relacionadas com ela, à semelhança dos guias da Abadia de *Dryburgh.* É necessário ser-se um homem sagaz, e muito competente na arte da evasão, para se ser um homem capaz de escapar das mãos destes indivíduos sem depender de qualquer capricho.

Foi nesta velha taberna, aquando de uma segunda visita ao Estado da Virgínia em 1841 que, o Sr. Listwell, desconhecendo a fama de tal local, fez um desvio pelo pôr-do-sol a fim de passar a noite. Montando a cavalo até à casa, mal tinha acabado de desmontar, quando de seguida uma das meia-dúzia de fraternidades da sala do bar o conheceu e se lhe dirigiu de uma forma extremamente branda e acolhedora.

"Boa noite, senhor."

"Muito boa noite," disse o Sr. Listwell. "Quero crer que isto é uma taberna, correto?"

"Ó sim, chenhor, é; ainda que pocha achar que parecha um pouco desgastada, foi em tempos uma boa casa como qualquer outra na Birgínia. Não tenho qualquer dúvida de que che passar aqui a noite, irá achá-la 'inda uma boa casa; já que não há home mais acolhedor na região do que o proprietário que vai conhecher."

E então Listwell retorquiu. "O que eu mais quero é uma boa cama para mim, e uma manjedoura cheia para o meu cavalo. Se tiver ambas as coisas, ficarei já bastante satisfeito."

O vagabundo seguiu a dizer. "Bem, gosto chempre de ouvir um cabalheiro a falar pelo cheu cabalo; e chó porqu'o cabalo não pode falar por chi mesmo. Um home que não ch'importe pelo cheu animal, e não dê boa conta dele quando viacha, não é grande cousa aos meux 'olhos. Mas digamos, chenhor, eu gosto de cabalos, e poxo garantir-lhe que o cheu cabalo será bem cuidado aqui. Aquele belho estábulo, como pode ver, parece muito escangalhado, mas noutros tempos abrigou o belho Eclipse, quand'ele correu contra o Batchelor e o Jumping Jemmy. Eches eram cavalos veloxes, mas derrotou xaos dois."

E então Listwell retorquiu. "De facto."

E o vagabundo seguiu a dizer. "Bem, dá para ber que bocê fez uma boa distância, baxta olhar pó cheu cavalo!"

E Listwell voltou a retorquir. "Apenas uns sessenta e cinco quilómetros."

O vagabundo seguiu a dizer. "Bem! Diabos me lebem che icho num é bastante bom. Chenhor, eche cheu animal é bem melhor do que parexe, pocho garantir. Nunca bi uma criatura achim que num fosse boa na extrada. Beio atão uns chechenta e chinco quilómetros, hã?"

E Listwell novamente retorquiu. "Sim, sim, e a um bom ritmo."

O vagabundo seguiu a dizer. "Debe estar com precha, atão, num tenho dúbedas? Acho que che quizeche adibinhaba o que ia fazer a *Richmond?* Tamem num seria g'ande adibinha; pois corre por aí que vai haber a maior benda de excrabos amanhã em *Richmond,* como já num há faz-che munto tempo; e tenho chertexa que bocê bai lá deitar a mão."

E Listwell voltou a retorquir. "Por que pensa então que há dinheiro a ganhar nesse negócio?"

O vagabundo seguiu a dizer. "Bem, pela minha honra, chenhor, nunca ganhei neinhum achim; mas diz a raxão que é um negóxio de dinheiro; é que todos os outros negóxios da Birgínia são abandonados p'ra inbestir neche. Uma cousa é cherta, nunca bi um negreiro que não estibeche cheio da pasta, e que num lhe correche como água. Eu já conhexi um que multiplicou binte bezes numa noite; e, achim em gerale, xão homes de educaxão, e chabem de tudo o que meta o goberno. O facto é que, chenhor, gosto xempre d'os oubir, por causa que xempre pocho aprender alguma cousa co'eles."

E Listwell indagou. "Como lhe posso chamar, senhor?"

O vagabundo respondeu. "Bem, é achim, eles chamam-me Wilkes. Sou conhexido dexes cabalheiros todos que beem cá. Todos conhexem o belho Wilkes."

E Listwell disse então. "Bem, Wilkes, parece ser conhecedor das coisas por aqui, e vejo que tem um forte gosto por cavalos. Faça-me o favor de dar uma palavra por mim ao cavalariço esta noite, e verá que não perde nada por isso."

O vagabundo seguiu a dizer. "Bem, chenhor, bejo que num diz muito, mas bê que tenho conheximento das cousas. É xempre bom ter a boa bontade dos que conhecem a taberna; pois que um home nunca xabe o que bai acontexer quando entra numa casa, ou quanto pode prexizar d'um amigo." Então o vagabundo sorriu significativamente para o Sr. Listwell, um sorriso que expressava uma forma de prazer triunfante em ter conseguido, como ele supôs, com o seu tato, colocar um cavalheiro de tão boa aparência sob obrigações para com ele. No entanto, o prazer era mútuo; porque havia algo de tão insinuante no olhar daquele cliente loquaz, que o Sr. Listwell ficou muito satisfeito por se despedir dele e, para o fazer com mais sucesso, ordenou que lhe fosse levado o jantar para o seu quarto privado, privado para os olhos, mas não para os ouvidos. Este quarto era exatamente por cima do bar, e estando o estuque a cair, nada para além das tábuas de pinho e ripas despidas o separavam da degradável companhia que permanecia por baixo, – facilmente podia ouvir o que era dito na sala do bar, e estava bastante satisfeito pela vantagem que lhe dava, porque, como vereis adiante, forneceu-lhe pistas importantes quanto às maneiras e conduta que deveria assumir durante a sua estadia naquela taberna.

O Sr. Listwell diz que tinha acabado de chegar ao seu quarto, quando ouviu o inoportuno Wilkes em baixo, num tom de deceção, exclamar, "Donde está aquele cabalheiro?" Wilkes esperava evidentemente encontrar-se com o seu amigo na sala do bar, ao seu regresso, e não tinha qualquer dúvida de ter feito a coisa certa. "Ele foi para o seu quarto," respondeu-lhe o proprietário, "e ordenou que o seu jantar lhe fosse levado."

Nesse momento houve um que gritou, "Quem é ele, Wilkes? Para onde vai ele?"

"Ora bem, icho agora... foche eu enforcado se xoubeche; mas estou disposto a apostar este velho chapéu contra uma nota de cinco dólares que aquele cabalheiro é tão cheio de dinheiro como um cão é de pulgas. Ele bai a *Richmond* comprar pretos, num tenho dúbidas. Ele num é nenhum palerma, pocho garantir-bos."

"Bem, ele age de maneira estranha," disse um outro, "em todo o caso. Gosto de ber um homem que bem a uma taberna e se dirige diretamente à sala do bar, e que mostra ser um homem entre outros homens. Ninguém lh'ia morder."

"Agora, eu num o recrimino nem um pouco por num bir aqui. Aquel'homem chabe do seu negóxio, e quer tomar conta do cheu dinheiro," respondeu Wilkes.

"Wilkes, és um tonto. Xó dizes icho, porque tens experancha de lhe sacar uns cobres."

"Extás a medir-me com a tua meia-régua, num digo que xó extejas zangado porque tibe a oportunidade de falar primeiro co'ele."

"Ó Wilkes! Toda a gente te conhexe. Tu dizes bem de calquer um que te dê uma moeda; além dicho, na minha opinião aquele pau de birar tripas que subiu as escadas, como uma mulher meia achustada, com medo d'olhar ox homens honextos na cara, é um nortista, e prexta tanto como a água de lavar pratos".

"Então o que queres apostar," disse Wilkes.

O falante disse, "Num apoxto nada contigo, porque tu conxegues pôr aquele tipo a dizer seja o que for."

"Bem," disse Wilkes, "Estou dixpoxto a apostar com qualquer um que aquele homem é um comprador de pretos. Ele num me diche tal coixa, mas acho que chei o chuficiente sobre homens para achertar em cheio naquilo de que andam atrás."

A disputa sobre o que era o Sr. Listwell, que negócios fazia, e para onde ia, etc., foi mantida com grande animação por um bocado, e por mais que uma vez ameaçou provocar uma séria perturbação da paz. Wilkes tanto tinha uns do seu lado como outros contra. Depois deste debate aceso, a companhia entreteve-se a beber *whiskey*, e a contar histórias. Este último entretenimento consistia de contendas, lutas, recontros, e duelos, nos quais pessoas distintas daquela vizinhança, e frequentadores daquela casa, haviam sido atores. Algumas destas histórias eram bastante assustadoras, e eram contadas, também, com um deleite que demonstrava bem o prazer das partes com as cenas horrendas que retratavam. Não seria aqui adequado dar ao leitor uma ideia da vulgaridade e obscuro praguejamento que por ali rolou, como um "rebuçado," debaixo daquelas línguas corrompidas. Talvez nunca se tenha juntado uma tal maralha de criaturas.

Cheio de repugnância, e um pouco alarmado com tudo aquilo, o Sr. Listwell, que não estava acostumado a tais entretenimentos, acabou por se retirar, mas não para ir dormir. Estava demasiado abalado com o que havia ouvido para que pudesse descansar tranquilamente, e os poucos pedaços de sono que conseguiu foram interrompidos por sonhos que eram tudo menos agradáveis. Às onze horas parecia haver umas quantas centenas de pessoas a apinhar a casa.

Um clamor volumoso e confuso, o praguejar e estalar de chicotes, e o ruído de correntes, alarmaram-no a ponto de o fazer saltar da cama; por um momento ele teria dado metade da sua quinta em Ohio para poder estar em casa. Este alvoroço foi mantido com um andamento ondulante até quase ser manhã. Houve gargalhadas sonoras, – cantos ruidosos, – palavrões berrados, – e, no entanto, parecia que se ouvia choro e lamento no meio de tudo aquilo. O Sr. Listwell disse que havia ouvido o suficiente durante a primeira parte da noite para se convencer que um comprador de homens e mulheres seria quem teria as melhores possibilidades de ser respeitado. E ele, por esse motivo, considerou melhor não dizer nada que pudesse fazer retroceder a opinião favorável que havia sido formada sobre ele na sala do bar por pelo menos um dos membros da fraternidade que a lotava. Uma vez que ele não seria capaz de se declarar um comprador de escravos, ele considerou não ser prudente declarar o inverso. Ele sentiu que poderia, com propriedade, recusar-se a dar pérolas a partes que, para ele, eram piores que suínos. Revelar-se, e para conceder o conhecimento sobre o seu real caráter e sentimentos seria, no mínimo, estar a conceder informação com a certeza de a ver a ela e a si mesmo maltratados. O Sr. Listwell confessa que este raciocínio não satisfez a sua consciência, porque, ao odiar a escravatura como ele odiava, e tendo na sua consideração que a escravatura é algo que todos os homens têm o iminente dever de se manifestar contra, "sem concessões e sem dissimulação," era difícil para ele admitir perante si mesmo a possibilidade de, em quaisquer circunstâncias, um homem travar a língua sobre o assunto. Com tão pouco espírito de mártir como Erasmo, concluiu, como este, que seria mais sensato confiar na misericórdia de Deus para a sua alma, do que na humanidade dos negreiros para o seu corpo. O temor físico, e não os escrúpulos da consciência, prevaleceu.

Ele levantou-se de manhã com este espírito, sem manifestar qualquer surpresa perante o que havia ouvido durante a noite. O seu antigo amigo rapidamente estava em cima dele, a chateá-lo com todo o tipo de questões. Tudo, no entanto, com a intenção de saber o seu caráter, ocupação, residência, propósitos e destino. Com a mais perfeita aparência de boa natureza e leviandade, o Sr. Listwell evitou estas indagações metediças, e mudou a conversa para tópicos mais gerais, deixando-se a si e a tudo o que lhe dizia respeito fora da discussão. Livrando-se da sua companhia problemática, ele fez o seu caminho na direção de um velho beco de beliche (bowling), que estava anexo à casa, e o qual, como tudo o resto, estava em péssimo estado.

Ao chegar ao beco o Sr. Listwell viu, pela primeira vez na sua vida, um grupo de escravos a caminho do mercado. Uma visão verdadeiramente triste. Aqui estavam uns cento e trinta seres humanos, – filhos de um Criador comum – sem culpa de qualquer crime – homens e mulheres, com corações, mentes, e espíritos imortais, acorrentados e agrilhoados, e com destino ao mercado, num país cristão, – num país que se vangloria da sua liberdade, independência, e avanço civilizacional. A humanidade convertida em mercadoria, e ligado em faixas de ferro, sem qualquer consideração pela decência ou pela humanidade! De todos os tamanhos, sexos, mães, pais, filhas, irmãos, irmãs, – todos amontoados, a caminho do mercado para serem vendidos e afastados da sua casa, e afastados uns dos outros para sempre. E tudo isto para encher os bolsos de homens demasiado preguiçosos para trabalhar por uma vida honesta, e que ganham a sua fortuna através de pilhar os indefesos, e a traficar as almas e as nervuras dos homens. Ao contemplar para esta cena revoltante e lancinante, o nosso informador disse que quase duvidou da existência de Deus justo! E permaneceu em admiração a questionar-se porque não se abria a terra para engolir tamanha maldade.

No meio destas reflexões, e enquanto corria os seus olhos acima e abaixo da montanha de grilhões, ele deu com o olhar de cujo rosto ele julgou já ter visto. Para tirar as dúvidas, ele dirigiu-se para o local. Era MADISON WASHINGTON! Aqui estava uma cena digna de ser passada para uma gravura! Tivesse o Sr. Listwell sido confrontado por um morto ressuscitado, e ele não teria ficado mais horrorizado. Estava completamente chocado. Um relâmpago que o atingisse não o conseguiria fazer ficar mais mudo. Ele permaneceu, por uns breves momentos, tão imóvel como alguém petrificado; recompondo-se, ele exclamou pouco depois, "Madison! És tu?"

O nobre fugitivo, pouco menos surpreendido que ele próprio, respondeu alegremente, "Ó sim, senhor, eles voltaram a apanhar-me."

Sem pensar nas consequências naquele momento, o Sr. Listwell correu na direção do seu velho amigo, colocou as mãos sobre os ombros dele, e olhou-o na cara! Sem palavras, eles permaneceram a olhar um para o outro como se estivessem a tentar tirar as dúvidas de que não havia nenhum engano sobre a matéria, até que Madison afastou o seu amigo, insinuando um receio de que os guardas o encontrassem ali e suspeitassem que ele estava a mexer com os escravos.

"Não tarda eles vêm tomar conta de nós. Pode vir quando eles forem tomar o pequeno-almoço, e contar-lhe-ei tudo o que sucedeu. Agradado com este compromisso, o Sr. Listwell saiu do beco; mas apenas a tempo de se salvar a si mesmo, porque, ao chegar perto da porta, ele observou três homens a fazer o seu caminho para o beco. O pensamento de esperar por eles ocorreu-lhe, como se fora a melhor maneira de desviar as suspeitas sempre a postos dos culpados.

Enquanto a cena entre o Sr. Listwell e o seu amigo Madison decorria, os outros escravos permaneceram como espetadores silenciosos, – sem saber o que tudo aquilo podia significar. Enquanto ele saía, ele ouviu o homem acorrentado a Madison perguntar, "quem é aquele cavalheiro?"

"Ele é um amigo meu. Não te posso dizer agora. É suficiente dizer que é um amigo. Não tardará irás ouvir mais sobre ele, mas presta-me atenção! O que quer que se venha a passar entre aquele cavalheiro e eu, aos teus ouvidos, eu rogo-te que nada digas sobre o assunto. Estamos todos aqui acorrentados juntos, – o nosso destino é comum; e aquele cavalheiro não é menos teu amigo que meu." Perante estas palavras, tão misteriosas como eram, a infeliz companhia deu sinais de satisfação e esperança. Parece que Madison, através daquele poder hipnotizante que acompanha invariavelmente a genialidade, tinha já conquistado a confiança do grupo, e era uma espécie de general ao comando entre eles.

Por esta altura os guardas chegaram. Um trio sórdido, adequado às suas funções demoníacas. O seu cabelo por pentear caia sobre as suas testas "vilmente abaixo," e com olhos, bocas, e narizes a condizer.

"Olá! Olá!" eles rugiram ao entrar. "Estão todos aqui!"

"Todos aqui," disse Madison.

"Ora bem, ora bem, é assim que deve ser! A vossa viagem termina em breve. Estareis em *Richmond* pelas onze de hoje, e depois ides ter uma boa vida."

"Ó moça, porque diabo estás tu a chorar?" disse um deles. Vou-te dar um motivo para chorar, se não te importas." Isto foi dito a uma rapariga, aparentemente não tinha mais de doze anos, e que tinha estado a chorar amargamente. Ela tinha, muito provavelmente, deixado para trás uma mãe extremosa, irmãs afeiçoadas, irmãos, e amigos, e as suas lágrimas não eram mais que a natural expressão da sua tristeza, e o seu único consolo. Mas os traficantes de carne humana não têm qualquer respeito por tal tristeza. Olham para ela como um protesto contra a sua cruel injustiça, e castigam-na impulsivamente.

Isto é um puzzle de difícil solução. Como é que ele aqui veio parar? O que poderei fazer por ele? Será que eu me posso comprometer de alguma forma com este assunto? Tudo isto foram pensamentos que preocuparam o Sr. Listwell, e tornaram-no ávido da oportunidade prometida de falar com Madison.

Tocou a sineta para o pequeno-almoço, e guardas e condutores, com pistolas e facas de mato que brilhavam nos seus cintos, apressaram-se a entrar, como se à procura dos melhores lugares. Aproveitando a oportunidade que agora se lhe oferecia, O Sr. Listwell apressou-se de volta para o beco de boliche. Alcançando Madison, ele disse, "Agora faz o favor de me contar sobre o sucedido. Conheces-me?"

"Oh, sim," disse Madison, "Conheço-o bem, e jamais o esquecerei nem àquela fria e triste noite em que me deu abrigo. Tenho de ser breve," ele continuou, "porque eles depressa virão. Está é então a história resumida. Ao chegar ao Canadá, e depois de ultrapassar a excitação de conseguir a minha fuga, senhor, os meus pensamentos foram tomados pela lembrança da minha pobre esposa, que bem havia merecido o meu amor pela sua virtuosa fidelidade e imperecível afeto por mim. Eu não podia suportar o pensamento de a deixar nas cruéis garras da escravatura, sem, pelo menos, fazer uma tentativa de a salvar. Primeiro tentei arranjar dinheiro para a comprar; mas... o processo era demasiado lento. Entrei no desespero de o concretizar. Ela estava em todos os meus pensamentos ao longo do dia, e nos meus sonhos à noite. Por vezes quase que podia ouvir a voz dela, a dizer, 'Ó Madison! Madison! Vais então deixar-me aqui? Vais deixar-me aqui à morte? Não! Não! Tu virás! Tu virás!' Eu estava destroçado. Perdi o apetite. Não conseguia nem trabalhar, nem comer, nem dormir, até que resolvi arriscar a minha própria liberdade para ganhar a da minha esposa. Mas devo ser breve. Faz seis semanas cheguei à casa do meu antigo amo. Andei pelas redondezas durante quase uma semana, à espreita da minha oportunidade, e, por fim, aventurei-me na desesperada tentativa de alcançar o quarto da minha pobre esposa por via de uma escada. Alcancei a janela, mas o ruído de a erguer assustou a minha esposa, e ela gritou e desmaiou. Tomei-a nos meus braços, e estava a descer a escada quando os cães começaram a ladrar furiosamente, e antes que eu pudesse alcançar os bosques, os brancos haviam despertado. O ar fresco da noite rapidamente permitiu à minha esposa restabelecer-se, e prontamente me reconheceu. Fizemos o melhor dos nossos caminhos para os bosques, mas era agora demasiado tarde, – os cães seguiram no nosso encalço, prontos a desfazer-nos em pedaços. O meu fim havia agora chegado! O meu velho amo e os seus dois filhos saíram com as espingardas carregadas, e antes de estarmos fora do alcance das espingardas os nossos ouvidos foram assaltados com um grito 'Parem! Parem! Ou serão abatidos.' Mesmo assim continuamos a correr. Ao se aperceberem que não fizemos caso dos seus apelos, eles dispararam, e a minha pobre esposa caiu morta ao meu lado, enquanto eu sofri apenas um ligeiro ferimento superficial. Fiquei então desesperado, mantive a minha posição, e aguardei o ataque deles por cima do cadáver dela. Eles correram na minha direção com as espingardas em punho. Eu esquivei-me dos golpes deles, e lutei até ser derrubado e dominado.

"Oh! Foi uma loucura ter voltado," disse o Sr. Listwell.

"Senhor, eu não poderia ser livre enquanto estivesse no meu pensamento a mágoa de ter a minha pobre esposa ainda escrava. Com ela na escravatura, o meu corpo era livre, mas não o meu espírito. Fui levado até à casa, – acorrentado a parafuso de anel, – com as minhas feridas cobertas de curativos. Ali fui mantido durante três dias. Todos os escravos, num raio de quilómetros, foram levados para me ver. Muitos donos de escravos vieram com os seus escravos, usando-me como prova da plenitude do seu poder, e da impossibilidade de os escravos tentarem escapar. Eu fui insultado, ridicularizado, e repreendido por eles, de uma forma que me perfurou a alma. Graças a Deus, eu fui capaz de suavizar a minha raiva, e aguentar tudo aquilo com aparente compostura. Depois de as minhas feridas estarem quase curadas, fui levado para uma árvore e despiram-me, e recebi sessenta vergastadas nas minhas costas nuas. Uns dias depois, fui vendido a um negreiro, e colocado neste grupo para ir para o mercado de Nova Orleães."

"Achas que o teu dono te me venderia?"

"Oh não, senhor! Eu fui vendido sob a condição de ser levado para o Sul. Estão motivados pela vingança."

"Então... então...," disse o Sr. Listwell, "Temo nada poder fazer por si. Ponha a sua confiança em Deus, e suporte o seu triste destino com a força viril que faz um homem. Eu irei vê-lo em *Richmond*, mas não me reconheça." Ao dizer isto, o Sr. Listwell deu a Madison dez dólares; disse algumas palavras aos outros escravos; recebeu o seu caloroso "Deus o abençoe," e fez o seu caminho para a casa.

Temeroso de provocar suspeitas pelo atraso moroso, o nosso amigo dirigiu-se à mesa de pequeno-almoço, com o ar de quem reprovava em parte a avareza de quem se apressou para lá ao tocar da sineta. Uma chávena de café foi a única coisa que conseguiu desencantar. Os seus sentimentos estavam demasiado azedos e excitados, e o seu coração estava demasiado preenchido com o destino do pobre Madison (do qual ele gostava, bem como admirava) para conseguir apreciar o pequeno-almoço; e apesar de ele se ter sentado após a companhia se ter levantado da mesa, ele pouco mais fez do que mudar a posição da sua faca e do seu garfo. Esta estranheza de ter voltado a encontrar-se com alguém que havia encontrado antes em duas diferentes ocasiões, sob circunstâncias extraordinárias, foi bem calculada para sugerir a ideia de um poder sobrenatural, uma providência vigilante, ou um destino inexorável, havia cruzado os seus destinos; e que nenhuns esforços seus poderiam desatá-lo da misteriosa teia de circunstâncias que o envolvia.

Ao deixar a mesa, o Sr. Listwell encheu-se de ousadia e caminhou firme até à sala do bar. Ele foi de imediato cumprimentado novamente por aquele insolente tagarela, o Sr. Wilkes.

"Há ali uma bela manada de pretos no beco," disse Wilkes.

"Sim, são uns indivíduos com bom aspeto, eu gostava de comprar um deles, e por aquele eu estaria disposto a dar uma bela maquia."

Virando-se para um dos seus camaradas, e com um sorriso de vitória, disse Wilkes, "Aha, Bill, oubiste isto? Eu diche-te que sabia o cabalheiro queria comprar pretos, e que pagaria tão alto como qualquer outro comprador no mercado."

"Venha, venha," disse o Sr. Listwell, "não faça demasiado ruído com os seus louvores, tem idade para saber que os preços sobem quando os compradores são muitos."

"Icho é um facto," disse Wilkes, "Bejo que sabe da poda – e não há um homem em toda a Birgínia que eu mais goxtache de ajudar a conseguir uma boa bagatela do que bocê, senhor."

Aqui o Sr. Listwell atirou um dólar para Wilkes, (o qual este último apanhou com uma mão cheia de destreza,) dizendo, "Aceite isso pela sua boa vontade." Wilkes levou o dólar ao seu olho direito, com um sorriso de vitória, e virou-se para o rabugento que murmurava no canto e que havia questionado a generosidade de um homem sobre quem ele nada sabia.

O Sr. Listwell estava agora tão bem no grupo como qualquer outro ocupante da sala do bar.

Passemos adiante a pressa e a azáfama, as brutais vociferações dos guiadores de escravos para pôr o seu grupo em movimento para seguir para *Richmond*; e não precisaremos de narrar cada mordida do chicote àqueles que fraquejavam na viagem. O Sr. Listwell seguiu o comboio a uma grande distância, com o coração apertado; e ao chegar a *Richmond* deixou o seu cavalo num hotel, e fez o caminho até ao cais na direção que viu a fila de escravos acorrentados serem guiados. Ele chegou mesmo a tempo de ver a companhia completa a embarcar para Nova Orleães. Depois foi atingido por um pensamento, enquanto se misturava na multidão, ele poderia fazer um serviço ao seu amigo Madison, e ele entrou numa loja de ferragens e comprou três fortes limas. Estas ele levou a Madison, e permanecendo perto do pequeno barco, que estava atracado à espera de transportar a companhia por parcelas para a lateral do brigue que se encontrava no rio, ele conseguiu, quando Madison ia a passar por ele, enfiar as limas no bolso dele, e de imediato esquivou-se para trás para se voltar a misturar na multidão.

Com toda a companhia agora a bordo, soou a voz imperiosa do capitão, e instantaneamente uma dúzia de marujos robustos estavam no cordame, apressando-se a subir ao alto para desdobrar a ampla vela do nosso *Baltimore* transformado em Negreiro Americano. Os marinheiros penduravam-se pelas cordas, como tantos gatos pretos, ora nas gáveas, ora nas cruzetas, ora nas extremidades das vergas; tudo era agitação e atividade. Rapidamente a larga vela do traquete, o sobrejoanete de proa e o joanete de proa abriram-se à brisa. O molinete pesado andou às voltas, *clank*!, *clank*!, ressoou o freio de descida, – as âncoras pesavam, bujarronas, velas mestras de redondo, e velas de sobrejoanetes puxadas pelo vento, e o longo e baixo barco negreiro, com a usa carga de carne humana, adernou e moveu-se adiante para o mar.

O Sr. Listwell permaneceu na margem, e ficou a observar o negreiro até ao último pontinho das suas velas superiores se desvanecerem da vista, e anunciarem o limite da visão humana. "Adeus! Adeus! Admirável e verdadeiro homem! Deus te conceda que

céus mais luminosos do que aqueles que se têm abatido sobre o teu espinhoso caminho."

Ao dizer isto a si mesmo, o nosso amigo não per-
deu tempo a completar o seu negócio, e ao fazer o
seu caminho de volta a casa, sacudiu dos seus pés,
com agrado, o pó da Velha Virgínia.

Parte IV: A Rebelião

Oh, onde está o humilde escravo
Condenado às correntes profanas,
Quem pudesse irromper por agravo
Primeiro as suas amarras
Iria lamentar-se lento debaixo delas?

Moore

Vós não sabeis
Que aqueles que querem ser livres,
Têm os próprios de dar o golpe.

Childe Harold

Que mundo de inconsistência, assim como de malvadez, é sugerido pela suave e deslizante expressão, COMÉRCIO AMERICANO DE ESCRAVOS; e quão estranho e perverso é aquele sentimento moral que abomina, condena, e classifica como pirataria e como merecedor da morte o transporte em cativeiro de homens, mulheres, e crianças da costa Africana; mas que não fica chocado nem perturbado por semelhante tráfico, levado a cabo com os mesmos motivos e propósitos, e caracterizado por peculiaridades ainda mais hediondas na costa da nossa REPÚBLICA MODELO. Condenamos e enforcamos o desventurado culpado deste crime na costa da Guiné, enquanto respeitamos e aplaudimos os participantes culpados deste negócio assassino nas margens iluminadas ao longo da baía de *Chesapeake*. A inconsistência é de tal modo flagrante e evidente, que pareceria lançar a dúvida sobre a doutrina do senso da moral inata da humanidade.

Apenas dois meses depois do içar das velas do brigue negreiro da Virgínia, o qual o leitor viu seguir para o mar tão orgulhosamente com a sua carga humana para o mercado de Nova Orleães, lá se deu o acaso de se encontrar, na cafetaria *Marine* em *Richmond*, um bando de aves marinhas, quando a seguinte conversa, que lança alguma luz à subsequente história, não apenas de Madison Washington, mas dos cento e trinta seres humanos com quem o vimos acorrentado da última vez.

"Então, camarada dos mares, teve um clima bastante duro na sua última viagem a Nova Orleães?" perguntou Jack Williams, um velho marinheiro comum, de forma provocadora, dirigindo-se a uma pessoa de aspeto elegante, compacto e viril, que se revelou ser o imediato do brigue de escravos em questão.

"Jogo sujo, bem como um temporal terrível," retorquiu a personagem de malhas firmes, evidentemente pouco inclinado para falar sobre um assunto que havia terminado de forma tão inglória para o capitão e para os oficiais do Negreiro Americano.

"Aqui entre nós," disse Williams, "todo aquele caso a bordo do *Creole* foi miserável e vergonhosamente gerido. Aqueles negros danados levaram a melhor sobre todos vós; e, na minha opinião, o completo desastre foi o resultado da ignorância do verdadeiro caráter dos escurinhos em geral. Com meia-dúzia de homens brancos resolutos, (não o digo por arrogância,) e eu teria os patifes nos ferros em dez minutos, não por eu ser tão forte, mas porque sei lidar com eles. Com as minhas costas contra o vagão, eu poderia, sozinho, ter chicoteado uma dúzia deles; e estivesse eu a bordo, por todos os monstros das profundezas, cada um dos pretos dos diabos teria tido o pescoço esticado nas extremidades das vergas. Vós cometestes um erro na vossa maneira de os combater. Tudo o que faz falta para lidar com uma maralha de escurinhos revoltosos é mostrar-lhes que não se lhes tem medo. Pela minha parte, eu não honraria uma dúzia de pretos ao apontar uma arma a um deles, – um chicote de corda grossa, ou uma ponta de corda dura, é melhor que todas as armas de *Old Point* para conter uma insurreição de pretos. Isto porque, senhor, apontar uma arma a um preto é melhor maneira que pode escolher para lhe dizer que está com medo dele, e a melhor maneira de convidá-lo a atacar."

Este discurso fez grande sensação entre os presentes da companhia, e uma parte deles revelou preocupação com a resposta que lhe poderia ser dada. O nosso imediato respondeu, "Sr. Williams, tudo o que agora acabou de dizer soa muito bem aqui em terra, onde, talvez, tenha estudado o carácter negro. Eu não professo compreender o assunto tão bem como o senhor; mas quer me parecer, que vós aplicais a mesma regra em casos diferentes. É bastante fácil falar em chicotear pretos em terra, onde tendes a simpatia da comunidade, e toda a força física do governo, do Estado e da nação, à sua disposição: e onde, se um negro se atrever a levantar a mão contra um homem branco, a comunidade branca, de comum acordo, estará pronta a unir-se para o abater. Por isso digo que, em tais circunstâncias, é fácil dizer que se chicoteiam pretos e a cobardia negra; mas, senhor, eu nego que o negro seja, naturalmente, um cobarde, ou que a sua teoria de lidar com escravos passasse o teste da água salgada. Pode servir muito bem para um capataz, um desprezível mercenário, tirar vantagens dos medos já existentes, e os quais a sua presença não tem poder de inspirar; andar a gabar-se com um chicote na mão, e discursar sobre a timidez e a cobardia dos negros; pois eles têm um mar calmo e um vento de feição. Uma coisa é lidar com um grupo de escravos numa plantação da Virgínia, e outra bastante diferente é conter uma insurreição nas solitárias ondas do Atlântico, onde cada brisa fala de coragem e liberdade. Para o negro agir cobardemente em terra, pode significar agir de forma sábia; e tenho algumas dúvidas sobre se o Sr. Williams o iria achar conveniente se o senhor fosse um escravo em Argel, levantar a sua mão contra as baionetas de todo um governo."

"Minha nossa, camarada dos mares," disse Williams, está-se a aproximar demasiado. Das duas uma, ou eu decaí muito na sua estima, ou as suas noções sobre coragem negra subiram demasiado nos botões da camisa. Agora, mais do que nunca, desejaria ter estado a bordo dessa embarcação desafortunada. Eu dei-vos evidências práticas sobre a verdade da minha teoria. Não duvido que haja alguma diferença por ser no mar. Mas um preto é um preto, no mar ou em terra; e é um cobarde, encontre-o onde quer que queira; uma gota de sangue de um deles irá amedrontar uma centena. Um soco no nariz, ou um pontapé no queixo, domesticará o mais selvagem dos escurinhos que me arranjar. Digo-lhe novamente, e mantê-lo-ei, eu poderia, com meia-dúzia de homens fortes, pôr todos os dezanove em ferros, e também os transportaria em segurança até Nova Orleães. Tenha em conta que eu não o culpo, mas não posso deixar de dizer – e todos os cavalheiros aqui presentes me acompanharão nisto – que a falha esteve em algum lado, ou os pretos nunca teriam conseguido escapar como conseguiram. Pela minha parte eu sinto vergonha que a ideia de que um carregamento de escravos não possa ser transportado em segurança de *Richmond* para Nova Orleães, se espalhe. Eu gostaria, meramente para redimir o carácter dos marinheiros da Virgínia, de ficar ao comando de um navio com uma carga deles já amanhã."

Williams continuou com este raciocínio, ocasionalmente lançando um olhar de súplica à sua companhia para que aplaudissem a sua sagacidade, e compaixão pelo seu desprezo da coragem negra. Ele tinha, evidentemente e no entanto, acordado o passageiro errado; porque além de estar na direita, o seu adversário tinha nos seus olhos aquilo que o assinalava como um homem com quem não se brinca.

"Bem, senhor," disse o robusto contramestre, "pode escolher o seu próprio método para se distinguir a si mesmo; – o caminho da ambição nesta direção está bastante aberto para si na Virgínia, e eu não tenho nenhuma dúvida de que será muito apreciado e compensado por todas as suas bravas conquistas nessa linha, mas quanto a mim, não me professando ser um gigante, já resolvi nunca mais pôr os pés no convés de navio negreiro, nem como oficial, nem como marinheiro; para mim chegou."

"Deveras! Deveras!" exclamou Williams pejorativamente.

"Sim, de facto," ecoou o contramestre; "mas não me entenda mal. Não é o alto valor que eu dou à minha vida que me faz dizer o que disse; ainda assim estou decidido a nunca mais por a minha vida em risco por uma causa que a minha consciência não aprova. Atrevo-me a dizer aqui o que muitos homens sentiram, mas não se atreveram a dizer. Todo este negócio de tráfico de escravos é uma vergonha e um escândalo para a Velha Virgínia."

"Espera! Espere lá! Parceiro," disse Williams, eu não o pensava capaz de mostrar ao que vinha tão cedo, – seja eu enforcado se não é tão abolicionista como o próprio Garrison[5]."

O contramestre levantava-se agora da sua cadeira e manifestava alguma excitação. "O que quer dizer, senhor," disse ele, num tom de comando. "Não há nenhum homem vivo que me insulte e fique impune."

---

[5] William Lloyd Garrison, jornalista abolicionista, ativista e reformista social, fundador do jornal *The Liberator* fundado por si mesmo em 1831 e publicado em Boston até à abolição da escravatura nos Estados Unidos da América através da décima-terceira emenda em 1865.

O efeito das palavras estava assinalado; e a companhia aglomerou-se em torno deles. Williams, num tom apologético, disse, "Camarada dos mares! Mantenha a sua têmpera. Eu não tinha intenção de o insultar. Todos nós sabemos que Tom Grant não é nenhum cobarde, e o que eu queria dizer com ser um abolicionista era apenas o seguinte: o senhor poderia ter controlado os pretos amotinados e assassinos, mas a sua consciência impediu-o."

"Também se engana quanto a isso," disse Grant. "Eu fiz tudo o que qualquer homem de força igual e presença de espírito poderia ter feito. O facto é que, Sr. Williams, o senhor subestima a coragem assim como a capacidade desses pretos, e além disso, parece não ter sido de todo bem informado sobre a situação em causa."

Williams disse, "Tudo o que sei sobre isso é que no nono dia após ter deixado *Richmond*, uma dúzia ou duas dos pretos que tinham a bordo foram para o convés e tomaram-lhe o navio; – desviaram-no para um porto Britânico onde, por acaso, cada um dos cabeças de carapinha desabordou e se libertou. Ora eu considero isto um negócio infame, e que exige uma explicação."

"Há muitas coisas infames no mundo," disse Grant. Pois um navio afundar-se debaixo de um céu limpo é, à primeira vista, vergonhoso tanto para marinheiros como para calafates. Mas quando percebemos que por alguma misteriosa perturbação da Natureza, as águas se separaram debaixo, e engoliram completamente o navio, nós perdemos a nossa indignação e repugnância em lamentação do desastre, e com o temor do Poder que controla os elementos."

"Verdade, verdade," disse Williams, "eu ficaria muito contente por ter uma explicação que aliviasse o assunto das suas presentes características infames. Eu desejava encontrá-lo desde que voltou para casa, e ter de si uma completa declaração sobre os factos ocorridos no caso. Para mim toda a coisa parece inenarrável. Eu não consigo perceber como uma dúzia ou duas de pretos ignorantes, dos quais nenhum alguma vez tivesse estado antes no mar, e estando todos eles bem presos nos ferros entre conveses, pudessem ser capazes de conseguir libertar-se dos seus grilhões, saltar para fora das escotilhas em plena luz do dia, matar dois homens brancos, sendo um o capitão e outro o seu dono, e depois levar o navio para um porto Britânico, onde cada um dos escurinhos foram libertados. Deve ter havido um enorme descuido, ou cobardia algures!"

A companhia, que havia ouvido tudo em silêncio durante a discussão, ficou agora mais excitada. Um disse que concordava com Williams; e vários disseram que a coisa parecia negra quanto bastasse. Após as temporárias exclamações tumultuosas terem diminuído:

"Eu compreendo," disse Grant, "a forma como vê este caso, e quão difícil será para mim fazê-lo ver quão irrepreensível foi a companhia do nosso navio. Porém, eu declararei os factos com a mesma precisão como a que veio à minha própria observação. O Sr. Williams fala de 'pretos ignorantes,' e, por regra, eles são ignorantes; mas estivesse ele a bordo do *Creole* como eu estava, ele teria visto motivos para admitir que há exceções a esta regra. O líder do motim em questão era um indivíduo tão sagaz como eu nunca havia visto na minha vida, e estava tão bem preparado para liderar um empreendimento perigoso como qualquer homem branco em dez mil. O nome deste homem, estranho será dizer, (presságio de grandeza,) era MADISON WASHINGTON. No pouco tempo que ele esteve a bordo, ele havia assegurado a confiança de todos os oficiais. Os pretos idolatravam-no significativamente. Os seus modos e conduta eram tais, que ninguém poderia suspeitar que ele tivesse propósitos homicidas. O único sentimento com que o encarávamos era o de que ele era um preto poderoso e de boa natureza. Raramente falava para alguém, e quando ele falava era com a mais extrema propriedade. As palavras dele eram bem escolhidas, e a sua pronúncia igualava a de qualquer diretor de escola. Era para nós um mistério ele ter aquele conhecimento da linguagem; mas pouco lhe foi dito, nenhum de nós sabia da extensão da sua inteligência e habilidade até ser demasiado tarde. Parece que ele trazia três limas a bordo com ele, e deve ter ido tratar dos seus grilhões na primeira noite após termos partido; e deve ter tratado bem deles, pois no dia da rebelião ele tinha tirado os ferros de mais dezoito além dos dele."

Grant continuou, "O ataque começou pelo crepúsculo do anoitecer. Apercebendo-me de uma borrasca, eu havia ordenado ao segundo imediato que mandasse toda a gente do convés içar as velas. Uns minutos antes eu tinha visto a cabeça de Madison sobre a escotilha, a olhar para as ondas brancas a sotavento. Acho que nunca o havia visto olhar com tão boa disposição. Eu mantive-me sensivelmente a meio do navio, do lado de bombordo. O capitão andava no tombadilho de um lado para o outro no lado de estibordo, na companhia do Sr. Jameson, o dono de quase todos os escravos que tínhamos a bordo. Ambos estavam armados. Tinha acabado de dizer aos homens para subirem, e aguardava que as minhas ordens fossem cumpridas, quando ouvi o descarregar de uma pistola no lado de estibordo; e virando-me subitamente, o próprio convés pareceu coberto com os demónios do poço. Os dezanove pretos estavam todos no convés, com os seus grilhões nas mãos, apressando-se em todas as direções.

Rapidamente pus a minha mão no bolso em busca de sacar o meu canivete; mas antes que o pudesse sacar, fui golpeado e atirado inconsciente para o convés. Quando voltei a mim, (o que aconteceu uns minutos depois, suponho, porque ainda havia alguma luz,) não havia um único homem branco no convés. Os marinheiros estavam todos no alto dos cordames, e não se atreviam a descer. O Capitão Clarke e o Sr. Jameson estavam estendidos no tombadilho, – ambos moribundos, – enquanto o próprio Madison seguia intocado ao leme.

"Eu estava completamente enfraquecido pela perda de sangue, e ainda não havia recuperado do golpe estonteante que me atirou para o convés; mas era um pouco demasiado para mim, mesmo na condição de prostração em que me encontrava, ver o nosso belo brigue comandado por um assassino negro. E então gritei aos homens para descerem e tomarem o navio, ou para morrerem a tentar. Adequando as ações às palavras, comecei na popa. Seu maldito assassino, disse eu ao demónio que seguia ao leme, e corri na direção dele para o atingir com um golpe, e então ele empurrou-me para trás com o seu forte braço negro, como se eu fosse um rapazito de doze anos. Olhei em redor em busca dos homens. Ainda estavam no cordame. Nem um havia descido. Voltei a dirigir-me para Madison. Desta vez o patife disse-me para me afastar para trás. 'Senhor,' disse ele, 'a sua vida está nas minhas mãos. Eu podia tê-lo matado uma dúzia de vez durante esta última meia-hora, e posso matá-lo agora. Chama-me um negro assassino. Eu não sou um assassino. Deus é minha testemunha de que a LIBERDADE, não a malvadez, é o motivo para os trabalhos desta noite. Eu não fiz mais àqueles homens além do que eles me teriam feito nas mesmas circunstâncias. Nós demos um golpe em nome da nossa liberdade, e se o seu coração é o de um verdadeiro homem, irá honrar-nos pelo nosso feito. Nós fizemos aquilo que o senhor aplaudiu aos seus pais por fazer, e se nós somos assassinos, também eles o foram.'

"Pouca disposição senti de lhe responder ao insolente discurso. Pelos céus, havia-me desarmado. O indivíduo ergueu-se diante de mim. Esqueci a sua negritude ao ver a dignidade da sua conduta, e a eloquência do seu discurso. Parecia que as almas de ambos os grandes defuntos (cujos nomes ele detinha) tivessem entrado nele. Aos marinheiros no cordame ele disse: 'Homens! A batalha terminou, – o vosso capitão está morto. Tenho o completo controle desta embarcação. Toda a resistência à minha autoridade será em vão. Os meus homens ganharam a sua liberdade, sem quaisquer outras armas para além dos seus próprios GRILHÕES QUEBRADOS. Somos dezanove em número. Não temos sede do vosso sangue, exigimos somente a liberdade a que temos direito. Não se iludam ao pensar que não conheço a carta ou a bússola. Eu conheço ambos. Estamos agora a apenas sessenta milhas de Nassau. Desçam e cumpram o vosso dever. Desembarquemnos em Nassau e nem um só cabelo das vossas cabeças será ferido.'

"Eu gritei 'Fiquem onde estão, homens, – quando um corpulento indivíduo negro correu na minha direção com um espeque, e teria aberto a minha cabeça em duas, mas por via da interferência de Madison, que rapidamente se colocou entre mim e o golpe que me atingiria. 'Eu sei o que está a tentar arranjar,' disse-me este último. 'Quereis navegar este brigue até a um porto de escravos, onde nos acabaríeis por nos ter a todos enforcados; mas ides falhar; antes que este brigue toque uma margem amaldiçoada para escravos enquanto eu estiver a bordo, eu próprio chegarei um fósforo ao paiol, e rebentarei com o brigue, e serei rebentado com ele num milhar de pedaços. Agora já salvei a sua vida duas vezes nestes últimos vinte minutos, – porque, enquanto estava deitado desamparado no convés, os meus homens estavam prestes a matá-lo. Eu mantive-os sob controlo. E se agora vós (ao ver que sou seu amigo e não seu inimigo) persistirdes em resistir à minha autoridade, eu deixo-vos um sério aviso: MORREREIS'

"Ao dizer-me isto, ele lançou um olhar para o cordame onde os marinheiros aterrorizados estavam pendurados, assim como macacos assustados, e ordenou-lhes que descessem, num tom do qual não havia apelo nem agrado; quatro homens permaneciam com os mosquetes na mão, prontos a agir à voz de comando para disparar sobre eles.

"Cheguei à conclusão de que a resistência estava fora de questão; que a minha melhor aposta era fazer chegar o brigue a Nassau, e assegurar a assistência do cônsul Americano nesse porto. Eu tinha a certeza de que as autoridades nos ajudariam a deter os assassinos e levá-los a julgamento.

"Por esta altura a borrasca que eu tinha notado acabava de se abater sobre nós. O vento uivava furiosamente, – o oceano estava branco de espuma, a qual, tendo em conta a escuridão, só podíamos ver através dos rápidos clarões dos relâmpagos que caíam ocasionalmente dos céus em fúria. Tudo era alarme e confusão. Gritos hediondos vinham das mulheres escravas. Acima das ondas a bramir rolou a par uma sucessão de fortes trovões, inflamando o terrível ruído. Devido à grande escuridão, e a uma mudança repentina do vento, demos connosco no fundo do mar. Quando enfrentamos uma vaga poderosa sobre a proa, os corpos do capitão e do Sr. Jameson foram atirados borda fora. Por um bom bocado tivemos interesses mais importantes a cuidar que os da propriedade escrava. Nunca tamanha e mais selvagem rajada de trovões varreu o oceano. O nosso brigue rolou e chiou como se cada parafuso estivesse a ser arrancado, e cada fio de estopa a ser espremido para fora das costuras. 'Às bombas de água! Às bombas de água!' Gritei, mas nenhum marinheiro se atrevia a desagarrar-se. Afortunadamente esta borrasca em breve passou, ou seríamos 'comida' para os tubarões.

"Durante toda a tempestade, Madison manteve-se firmemente no leme, – o seu olhar arguto fixado na bitácula. Ele não era indiferente ao terrível furacão; no entanto ele encarava-o com a compostura de um velho marinheiro. Ele estava silencioso, mas não agitado. As primeiras palavras que ele proferiu depois da tempestade ter diminuído ligeiramente eram características do homem. 'Sr. imediato, o senhor não pode escrever as leis da escravatura naquelas ondas inquietas. O oceano, se não a terra, é livre.' Eu confesso, cavalheiros, eu senti-me a mim mesmo na presença de um homem superior; um que, se fosse um homem branco, eu teria seguido de boa vontade e com agrado em qualquer empresa honorável. A nossa diferença de cor era a única base para uma diferença de ação. Não que os seus princípios estivessem errados em abstrato; porque eles eram os princípios de 1776. Mas eu não me podia pôr em posição de reconhecer a sua aplicação a alguém a quem eu considerava inferior.

"Mas para a minha história. O que então aconteceu será dito em breve. Duas horas após a terrível tempestade se ter despendido a si mesma, fomos atirados para o cais de Nassau. Enviei imediatamente dois dos nossos homens ao cônsul com uma declaração de factos, requerendo-lhe a sua interferência em nossa defesa. O que ele fez, ou se deixou de fazer, eu não sei; mas, por ordem das autoridades, uma companhia de soldados negros entrou a bordo, com o propósito, disseram eles, de proteger a propriedade. Esses patifes impudentes, quando os chamei para me ajudarem a manter os escravos a bordo, escudaram-se habilmente sob as suas instruções de apenas protegerem propriedade, – e disseram que não reconheciam pessoas como sendo propriedade. Eu disse-lhes que pelas leis da Virgínia e pelas leis dos Estados Unidos, os escravos a bordo eram tão propriedade como os barris de farinha no porão. Perante isto os estúpidos cabeças-duras mostraram o seu marfim, reviraram horrorizados os seus olhos brancos, como se a ideia de pôr homens no mesmo pé que a mercadoria fosse revoltante para a sua humanidade. Quando estas instruções foram compreendidas entre os pretos, foi-nos impossível mantê-los a bordo. Eles juntaram a sua bagagem deliberadamente diante dos nossos olhos, e, contra os nossos protestos, dispersaram-se pelo passadiço, – fizeram uma formação em jeito de procissão no cais, – despediram-se de todos os que estavam a bordo, e, proferindo os mais selvagens gritos de exaltação, eles marcharam, entre os gritos ensurdecedores de uma multidão de espectadores simpatizantes, sob a liderança triunfante do seu heroico chefe e salvador, MADISON WASHINGTON."

FIM

Nascido Frederick Augustus Washington Bailey (Frederick Douglass), em *Talbot, Maryland,* Estados Unidos da América, c. de 14 de fevereiro de 1818, e falecido em 20 de fevereiro de 1895 em *Washington, Columbia,* Estados Unidos da América.

Figura proeminente do século XIX, tendo sido um reformista social americano, abolicionista, orador, editor, sufragista, escritor, político e estadista. Consta que terá sido mais vezes retratado e fotografado do que o próprio Abraham Lincoln, algo que se considera ter sido provocado por sua iniciativa, pois procurava as câmaras e os retratadores para passar a imagem de um negro não sorridente nem submisso, como eram, de resto, retratados os negros da sua época.

Mestiço, filho de uma escrava afrodescendente (Harriet Bailey) e de um eurodescendente que se presume fosse o amo da sua mãe – nunca tendo sido confirmado – o qual nunca terá conhecido nem sabido exatamente quem era. Após ter escapado à escravatura em *Maryland* (1838), para que não fosse reconhecido e recapturado, adotou o nome Frederick Douglass após sugestão de um seu amigo (Nathan Johnson) e com inspiração no poema de *Sir* Walter Scott, *The Lady of the Lake* (A Dama do Lago) que contempla duas personagens revolucionárias com nome 'Douglas'.

Casou com Anna Murray (Douglass) em setembro de 1838. Havia-se apaixonado por ela em 1837 após uma primeira tentativa frustrada de fuga da escravatura em *Freeland*. Anna tinha estatuto livre e algumas poupanças, o que lhe permitiu incentivá-lo e ajudar com algum dinheiro com o propósito de ele alcançar a liberdade por via da fuga.

Frederick Douglass escreveu diversos livros, sendo que as suas autobiografias lhe abriram as mais diversas portas. Em 1845, através da publicação de *Narrative of the Life of Frederick Douglass, an American Slave* (Narrativa da Vida de Frederick Douglass, um Escravo Americano), Douglass logrou não só um significativo sucesso e popularidade, bem como um elevado risco de ser apanhado, o que o levou a viver na Irlanda e na Grã-Bretanha por dois anos, isso permitiu-lhe travar amizade com diversos e seus futuros aliados europeus que o ajudaram a conquistar e garantir a sua liberdade.

Em 1848 na *First Women's Rights Convention* (Primeira Convenção dos Direitos das Mulheres) em *Seneca Falls* (Nova Iorque), foi o único afroamericano a estar presente, pouco depois escreveria no seu jornal abolicionista, o *North Star*: "A respeito dos direitos políticos, entendemos que as mulheres têm o mesmo justo direito que exigimos para o homem." Em 1866 foi cofundador da *American Equal Rights Association* (Associação Americana pela Igualdade de Direitos) com Lucrecia Mott, Elizabeth Cady Stanton e outras líderes feministas que pugnavam pelo sufrágio universal.

Foi o primeiro afroamericano a ser candidato a Vice-Presidente dos Estados Unidos, apesar de não ter tomado conhecimento do facto, nem ter feito campanha, tal sucedido por decisão unilateral de Victoria Woodhull – a primeira mulher a candidatar-se a Presidente dos Estados Unidos através do *Equal Rights Party* (Partido da Igualdade de Direitos) em 1872. Foi também o primeiro afroamericano a receber um voto para uma candidatura a Presidente num dos principais partidos americanos – Partido Republicano – em cuja convenção nacional de 1888 recebeu o voto da delegação do *Kentucky.*

Após a morte de Anna Murray Douglass (1882), com quem teve cinco filhos, Frederick Douglass casou em segundas núpcias (1884) com Helen Pitts, ativista social e sufragista, casamento esse que gerou grande controvérsia, não fosse Helen vinte anos mais nova, e branca.

Entre 1889 e 1991, Frederick Douglass viria a ser nomeado Embaixador dos Estados Unidos no Haiti pelo então Presidente dos Estados Unidos, Benjamim Harrison. Viria a demitir-se do cargo por considerar haver intromissão dos E.U.A. no território haitiano.

A 20 de fevereiro de 1895 foi convidado e veio a participar numa reunião do *National Council of Women* (Conselho Nacional das Mulheres), em *Washington*, na qual foi chamado ao palco e acabou por receber uma enorme ovação, pouco depois, no regresso a casa, viria a falecer devido a um enfarte do miocárdio, tinha 77 anos.

Ao longo da sua vida e no seu percurso em busca da sua própria liberdade, e afirmação dos seus propósitos de reformista social, Douglass terá ajudado a libertar da escravatura mais de quatrocentos seres humanos.

Títulos da Coleção
Dez Maravilhas de Jack London

JÁ PUBLICADOS

1 - Emil Gluck: O Pior Inimigo do Mundo; Vol. I (3ª Edição); Jack London;
   Tradução: Philipe Pharo da Costa

2 - Uma Invasão Sem Precedentes (Ou: A Guerra de Jacobus Laningdale); Vol.
   II (2ª Edição); Jack London; Tradução: Philipe Pharo da Costa

3 - O Conto das Mil Mortes – (Ou: O Navio da Tortura); Vol. III (2ª Edição);
   Jack London; Tradução: Philipe Pharo da Costa

4 - O Pagão; Vol. IV (2ª Edição); Jack London; Tradução: Philipe Pharo da
   Costa

5 - O Vermelho (Nascido-das-Estrelas); Vol. V; Jack London; Tradução: Philipe Pharo da Costa

6 – Cabeça Agachada; Vol. VI; Jack London; Tradução: Philipe Pharo da
   Costa

A PUBLICAR BREVEMENTE:

7 – O Silêncio Branco; Vol. VII; Jack London; Tradução: Philipe Pharo da
   Costa

Outros Títulos da ContraatircsE

Títulos da Série Grandes Autores

JÁ PUBLICADOS

1 - Um Pequeno Mal Por Um Grande Bem - Voltaire - Série Grandes Autores (I) - Tradução: Philipe Pharo da Costa | Fabiana Ribeiro

2 - O Gato Preto - Edgar Allan Poe - Série Grandes Autores (I) - Tradução: Philipe Pharo da Costa

3 - (não publicado)

4 - A Dama Com O Cão - Anton Tchékhov - Série Grandes Autores (IV) - Tradução: Philipe Pharo da Costa

5 - Os Idiotas - Joseph Conrad - Série Grandes Autores (V) - Tradução: Philipe Pharo da Costa

6 - A Alma Humana Sob o Socialismo - Oscar Wilde - Série Grandes Autores (VI) - Tradução: Philipe Pharo da Costa

7 - Em Terra de Cegos (O Bacilo Roubado e A Porta no Muro - H.G. Wells - Série Grandes Autores (VII) - Tradução: Philipe Pharo da Costa

8 - B.24 - Arthur Conan Doyle - Série Grandes Autores (VIII) - Tradução: Philipe Pharo da Costa

9 - O Sonho de Um Homem Ridículo - Fiódor Dostoiévski - Série Grandes Autores (IX) - Tradução: Philipe Pharo da Costa

10 - Os Mortos - James Joyce - Série Grande Autores (X) - Tradução: Philipe Pharo da Costa

11 - O Papel de Parede Amarelo - Charlotte Perkins Gilman - Série Grande Autores (XI) - Tradução: Philipe Pharo da Costa

12 - O Apelo Selvagem (The Call Of The Wild) - Jack London - Série Grande Autores (XII) - Tradução: Philipe Pharo da Costa

13 - O Escravo Heroico: Em Busca da Liberdade - Frederick Douglass - Série Grande Autores (XIII) - Tradução: Philipe Pharo da Costa

14 - A Mulher No Espelho (e outros contos) - Virginia Woolf - Série Grande Autores (XIV) - Tradução: Philipe Pharo da Costa

A PUBLICAR BREVEMENTE

Manifesto do Partido Comunista - Karl Marx | Friedrich Engels - Série Grandes Autores (III) - Tradução: Philipe Pharo da Costa

Títulos da Coleção Poetas Livres

1 – Clarividência: Das Profundezas e Das Alturas – Neusa Veloso (I)
   (Edição: Philipe Pharo da Costa) (2021)

A PUBLICAR BREVEMENTE

Maternidade
Luiz Machado

Nota Breve

A Contra Escrita alcançou nesta edição o seu XIII Volume da Série Grandes Autores dando continuidade a um Projeto Literário Independente que tem ultrapassado e persistido diante as mais diversas dificuldades de divulgação da obra de um autor e tradutor, num Mundo cada vez mais virtual e menos humano onde o objeto livro tenta ainda subsistir como uma forma de presença do Mundo real.

Neste ano de 2024, em que decorre ainda a Guerra na Ucrânia, a Guerra em Gaza, e em simultâneo se discute a Inteligência Artificial e o seu papel no futuro da Humanidade, num Mundo em que o racismo persiste, a Contra Escrita responde, sempre, com livros.

Ser escravo, só da Liberdade!

Ph2

KING
ALI
MALCOLM X
ELLA
HARRIS
PARKS
COLVIN
SMITH
OBAMA
RUSSELL
DIXON
SIMONE
OWENS
FREDERICK
DOUGLASS
LIBERTY

www.ingramcontent.com/pod-product-compliance
Lightning Source LLC
Chambersburg PA
CBHW021011160726

47994CB00006B/2460